佐島 勤
Tsutomu Sato
illustration／石田可奈
Kana Ishida
illustrator assistant／ジミー・ストーン、末永康
魔法科高中的劣等生 20
The irregular at magic high school
南海騷擾篇

逗留於沖繩的魔法科高中學生們

KEYWORDS

畢業旅行成員	中条 梓、五十里啟、千代田花音、服部刑部少丞範藏、桐原武明、壬生紗耶香
竣工宴會參加成員 ※畢業旅行成員也參加	光井穗香、北山 雫
慰靈祭準備會議成員	司波達也、司波深雪

人工島「西果新島」

「西果新島」是日本為了開發國產資源而建設的人工島。位於沖繩久米島外海，許多國內頂尖的企業集團參與這項計畫（北山雫父親的公司也是其中之一）。這座人工島是海底資源採掘基地，具備國家級的重要意義，因此採用刻印魔法作為防災對策。只要事先加上刻印，就可以迅速地暫時大幅提升建材的防火與抗震功能。這個刻印魔法由該領域的權威——五十里家負責。

因此，北山家與五十里家受邀參加「西果新島」的竣工紀念宴會。

慰靈祭

二〇九二年八月發生大亞聯盟侵略沖繩的事件，為了安撫犧牲者的在天之靈，於今年（二〇九七年）八月舉辦這場活動。在四葉真夜的指示之下，司波達也與深雪也基於十師族的公務，預定代表四葉家出席。這次是參與該活動的準備會議。在這趟沖繩遠征，達也還受命進行另一項「工作」。

日本與大亞聯盟的休戰協定

在二〇九五年十月底的「灼熱萬聖節」，大亞聯盟失去一個海軍基地與許多艦艇。為了確保戰勝大亞聯盟，日本國防海軍乘勝追擊，於十一月中命令艦隊從佐世保出擊。日本公認的戰略級魔法師，「十三使徒」之一的五輪澪也同行。對於日本來說，實際上是總體戰的態勢。然而日本軍沒有真的和大亞聯軍交火，而是接受大亞聯盟的申請而決定休戰。

二〇九六年三月，大亞聯盟對於日本的主張幾乎照單全收，迅速簽定談和條約（一方面也是因為日本提出的條件較為寬鬆）。雖然締結協定，但還是有少數人企圖破壞這次的談和，重新回到戰爭狀態。

澳大利亞的國策

第三次世界大戰之後，澳大利亞採取的政策是極端限制和外國交流。具體來說，出入境審查與海關審查極為嚴格，和外國的人資與物資交流，實際上箝制到禁止雙向交流的狀態。許多國家批評澳大利亞的這種立場，但因為在第三次世界大戰，偽裝成旅客的恐怖分子或是假裝投資的軍事據點建設橫行，所以現狀只要標榜「自衛」這個名目就難以反駁。到最後，想出國旅行的國民也不多，結果就是在澳大利亞國外鮮少看得見澳大利亞人。

英國和澳大利亞的關係

昔日兩國相互提供魔法師相關技術。由英國的VIP——威廉．馬克羅德主導，以「英國的戰略級魔法師十三使徒之一指導澳大利亞開發魔法師」的形式進行。不只是調整體，自然誕生的魔法師也運用馬克羅德的知識與技術強化。戰後的澳大利亞軍魔法師部隊培育出此等實力，要說是馬克羅德的功績也不為過。

The irregular at magic high school

真田繁留
陸軍101旅獨立魔裝大隊幹部。階級為少校。任職於兵器開發部。具備「CAD」相關的高超技術，足以自行調校軍用魔法演算裝置。
「『這次』是吧？」
風間玄信
防衛陸軍中校。作風與舉止充滿威嚴。曾在沖繩縣恩納基地率領空降魔法師部隊。對達也另眼相看。
「這次要將陳祥山的部隊視為友軍合作。」
「嗯……您好。我是賈絲。」
賈絲敏・傑克森
Jasmine Jackson
詹姆士的女兒。雖然年僅十二歲，卻是非常穩重，應對進退相當成熟的少女。
「抱歉自我介紹晚了。我是賈絲的父親，叫作詹姆士・傑克森。」
詹姆士・傑克森
James Jackson
從澳大利亞來到日本沖繩的觀光客。不過他的真實身分是──
「日本軍，再來就是敵人了。下次一定要……」
陳祥山
大亞聯軍特殊作戰部隊隊長，心狠手辣，為完成作戰目標不惜付出任何犧牲。
「請交給下官處理。」
呂剛虎
近戰殺人實力號稱在大亞聯盟首屈一指，大亞聯軍特殊作戰部隊的王牌魔法師，別名「食人虎」的凶暴男性。

「喔喔～」
「達也同學，要不要和我一起去另一邊看看？」
「穗香？」
「哥……哥哥……！」
北山 雫
就讀二年A班，深雪的同班同學，擅長振動與加速系魔法。情緒起伏鮮少展露於言表。
光井穗香
就讀二年A班，深雪的同班同學。擅長光波振動系魔法。一旦擅自認定後就頗為一意孤行。
司波達也
司波兄妹中的哥哥。就讀第一高中二年E班。學生會書記（長）。認知自己身為「守護者」該保護的只有深雪一人，除此之外達觀一切。
司波深雪
達也的妹妹。就讀第一高中二年A班。擔任學生會會長的優等生。擅長冷卻魔法。是溺愛哥哥的「重度戀兄情結」。

背負某項缺陷的劣等生哥哥。
一切完美無瑕的優等生妹妹。
這對兄妹就讀魔法科高中之後，

風波不斷的每一天就此揭開序幕——

魔法科高中的劣等生 20

The irregular at magic high school

南海騷擾篇

佐島 勤
Tsutomu Sato

illustration
石田可奈
Kana Ishida

Kadokawa Fantastic Novels

Character
登場角色介紹

司波達也

就讀於二年E班。
進入新設立的魔工科。
達觀一切。
妹妹深雪的「守護者」。

司波深雪

就讀於二年A班。達也的妹妹。
去年以首席成績入學的優等生。
擅長冷卻魔法。溺愛哥哥。

西城雷歐赫特

就讀於二年F班，達也的朋友。
二科生。擅長硬化魔法。
個性開朗。

千葉艾莉卡

就讀於二年F班，達也的朋友。
二科生。可愛的闖禍大王。

柴田美月

就讀於二年E班。
今年也和達也同班。
罹患靈子放射光過敏症。
有點少根筋的認真少女。

吉田幹比古

就讀於二年B班。今年起成為一科生。
出自古式魔法的名門。
從小就認識艾莉卡。

光井穗香

就讀於二年A班，深雪的同班同學。
擅長光波振動系魔法。
一旦擅自認定後就頗為一意孤行。

北山 雫

就讀於二年A班，深雪的同班同學。
擅長振動與加速系魔法。
情緒起伏鮮少展露於言表。

里美 昴

就讀於二年D班。
宛如美少年的少女。
個性開朗隨和。

英美・艾米莉雅・格爾迪・明智

就讀於二年B班，
隔代混血兒。
平常被稱為「艾咪」。
名門格爾迪家的子女。

櫻小路紅葉

就讀於二年B班，
昴與艾咪的朋友。
便服是哥德蘿莉風格。
喜歡主題樂園。

森崎 駿

就讀於二年A班，
深雪的同班同學。
擅長高速操作CAD。
身為一科生的自尊強烈。

十三束 鋼

就讀於二年E班。
別名「Range Zero」（射程距離零）。
「魔法格鬥武術」的高手。

七草真由美

畢業生。現在是魔法大學學生。
擁有令異性著迷的
小惡魔個性，
卻不擅長應付他人攻勢。

中条 梓

三年級。前任學生會會長。
生性膽小，個性畏首畏尾。

市原鈴音

畢業生。現在是魔法大學學生。
冷靜沉著的智慧型人物。

服部刑部少丞範藏

三年級。前任社團聯盟總長。
雖然優秀，卻有著過於正經的一面。

渡邊摩利

畢業生。真由美的好友。
各方面傾向好戰。

十文字克人

畢業生。現在升學至魔法大學。
達也形容為「如同巨巖般的人物」。

辰巳鋼太郎

畢業生。前任風紀委員。
個性豪爽。

關本 勳

畢業生。前任風紀委員。
論文競賽校內審查第二名。
犯下間諜行為。

澤木 碧

三年級。風紀委員。
對女性化的名字耿耿於懷。

桐原武明

三年級。劍術社成員。
關東劍術大賽
國中組冠軍。

五十里 啟

三年級。前任學生會會計。
魔法理論成績優秀。
千代田花音的未婚夫。

壬生紗耶香

三年級。劍道社成員。
劍道大賽國中女子組
全國亞軍。

千代田花音

三年級。前任風紀委員長。
和學姊摩利一樣好戰。

七草香澄

今年就讀
魔法科高中的「新生」。
七草真由美的妹妹，
泉美的雙胞胎姊姊。
個性活潑開朗。

七寶琢磨

擔任今年「新生」總代表的學生。
一科生。有力的魔法師家系
「師補十八家」之一
「七寶家」的長子。

七草泉美

今年就讀
魔法科高中的「新生」。
七草真由美的妹妹，
香澄的雙胞胎妹妹。
個性成熟穩重。

櫻井水波

今年就讀魔法科高中的「新生」。
立場是達也與深雪的表妹。
深雪的守護者候選人。

隅守賢人

就讀於一年G班的白種人少年。
父母從USNA歸化日本。

安宿怜美

第一高中保健醫生。
穩重溫柔的笑容
大受男學生歡迎。

廿樂計夫

第一高中教師。
擅長魔法幾何學。
論文競賽的負責人。

珍妮佛・史密斯

歸化日本的白種人。達也的班級
與魔法工學課程的指導教師。

小野 遙

第一高中的
綜合輔導老師。
生性容易被欺負，
卻有不為人知的另一面。

九重八雲

擅長古式魔法「忍術」。
達也的體術師父。

平河小春

畢業生。在去年以工程師身分
參加九校戰。
主動放棄參加論文競賽。

平河千秋

就讀於二年E班。
敵視達也。

千倉朝子

三年級。九校戰新項目
「堅盾對壘」的女子單人賽選手。

五十嵐亞實

畢業生。兩項競賽社前任社長。

五十嵐鷹輔

二年級。亞實的弟弟。
個性有些懦弱。

三七上凱利

三年級。九校戰「祕碑解碼」
正規賽的男生選手。

國東久美子

就讀三年B班，在九校戰
新競賽項目「操舵射擊」
和艾咪搭檔的選手。
個性莫名直率。

一条剛毅

將輝的父親。
十師族一条家現任當家。

一条將輝

第三高中的二年級學生。
今年也參加九校戰。
「十師族」一条家的
下任當家。

一条美登里

將輝的母親。
個性溫和，廚藝高明。

吉祥寺真紅郎

第三高中的二年級學生。
今年也參加九校戰。
以「始源喬治」的
別名眾所皆知。

一条 茜

一条家長女，將輝的妹妹。
今年就讀當地的名門私立中學。
心儀真紅郎。

北山 潮

雫的父親。企業界的大人物。
商業假名是北方潮。

一条瑠璃

一条家次女，將輝的妹妹。
我行我素，行事可靠。

北山紅音

雫的母親。曾以振動系魔法
聞名的A級魔法師。

北山 航

雫的弟弟。小學六年級。
非常仰慕姊姊。
目標是成為魔工技師。

鳴瀨晴海

雫的表哥。國立魔法大學
附設第四高中的學生。

琵庫希

魔法科高中擁有的家事輔助機器人。
正式名稱是3H（Humanoid Home Helper：
人型家事輔助機械）P94型。

牛山

FLT的CAD開發第三課主任。
受到達也的信任。

千葉壽和

千葉艾莉卡的大哥。
警察省國家公務員。
乍看之下像是
遊手好閒的人。

恩斯特・羅瑟

首屈一指的CAD製作公司
羅瑟魔工所日本分公司社長。

千葉修次

千葉艾莉卡的二哥。
摩利的男友。
具備千刃流劍術
免許皆傳資格。
別名「千葉的麒麟兒」。

九島 烈

被譽為世界最強
魔法師之一的人物。
眾人尊稱為「宗師」。

稻垣

警察省的巡查部長。
千葉壽和的部下。

九島真言

日本魔法界長老九島烈的兒子，
九島家現任當家。

安娜・羅瑟・鹿取

艾莉卡的母親。日德混血兒，
曾是艾莉卡的父親——
千葉家當家的「小妾」。

九島光宣

真言的兒子。
雖是國立魔法大學附設
第二高中的一年級學生，
但因為經常生病幾乎沒上學。
和藤林響子是同母異父的姊弟。

九鬼 鎮

服從九島家的師補十八家之一。
尊稱九島烈為「老師」。

小和村真紀

實力足以在著名電影獎
入圍最佳女主角的女星。
不只是美貌，演技也得到認同。

風間玄信

陸軍101旅
獨立魔裝大隊隊長。
階級為中校。

周公瑾

安排大亞聯盟的呂與陳
來到橫濱的俊美青年。
在中華街活動的神祕人物。

真田繁留

陸軍101旅
獨立魔裝大隊幹部。
階級為少校。

陳祥山

大亞聯軍
特殊作戰部隊隊長。
為人心狠手辣。

藤林響子

擔任風間副官的
女性軍官。階級為中尉。

呂剛虎

大亞聯軍特殊作戰部隊的
王牌魔法師。
別名「食人虎」。

佐伯廣海

國防陸軍101旅旅長。階級為少將。
獨立魔裝大隊隊長風間玄信的長官。
外貌使她擁有「銀狐」的別名。

鈴

森崎拯救的少女。
全名是「孫美鈴」。
香港國際犯罪組織
「無頭龍」的新領袖。

柳 連

陸軍101旅
獨立魔裝大隊幹部。
階級為少校。

山中幸典

陸軍101旅獨立魔裝大隊幹部。
少校軍醫，一級治癒魔法師。

酒井

國防陸軍總司令部軍官，階級為上校。
被視為反大亞聯盟的強硬派。

四葉真夜

達也與深雪的姨母。
深夜的雙胞胎妹妹。
四葉家現任當家。

司波深夜

達也與深雪的母親。已故。
唯一擅長精神構造干涉魔法的魔法師。

葉山

服侍真夜的高齡管家。

櫻井穗波

深夜的「守護者」。已故。
受到基因操作，強化魔法天分而成的調整體魔法師
「櫻」系列第一代。

新發田勝成

原為四葉家下任當家候選人之一。為防衛省職員，
第五高中的校友。
擅長聚合系魔法。

司波小百合

達也與深雪的後母。
厭惡兩人。

堤 琴鳴

新發田勝成的守護者。
調整體「樂師系列」的第二代。
對於聲音相關魔法擁有相當高的素質。

津久葉夕歌

原為四葉家下任當家候選人之一。
曾擔任第一高中學生會副會長。
現在是魔法大學四年級學生，
擅長精神干涉系魔法。

堤 奏太

新發田勝成的守護者。
調整體「樂師系列」的第二代。為琴鳴的弟弟，
和她一樣對於聲音相關魔法擁有相當高的素質。

吉見

四葉的魔法師，黑羽家的親戚。
是一名接觸感應能力者，
可讀取人體所殘留的想子情報體痕跡。
極度的祕密主義。

安潔莉娜・庫都・希爾茲

USNA魔法師部隊「STARS」的總隊長。
階級是少校。暱稱是莉娜。
也是戰略級魔法師「十三使徒」之一。

瓦吉妮雅・巴藍斯

USNA統合參謀總部情報部內部監察局第一副局長。
階級是上校。來到日本支援莉娜。

希兒薇雅・瑪裘利・法斯特

USNA魔法師部隊「STARS」的行星級魔法師。階級是准尉。
暱稱是希兒薇，姓氏來自軍用代號「第一水星」。
在日本執行作戰時，擔任希利鄔斯少校的輔佐。

班哲明・卡諾普斯

USNA魔法師部隊「STARS」的第二把交椅。
階級是少校。希利鄔斯少校不在時的
代理總隊長。

米卡艾拉・弘格

USNA派到日本的間諜
（正職是國防總署的魔法研究人員）。
暱稱是米亞。

克蕾雅

獵人Q──沒能成為「STARS」的
魔法師部隊「STARDUST」的女兵。
Q意味著追蹤部隊的第17順位。

瑞琪兒

獵人R──沒能成為「STARS」的
魔法師部隊「STARDUST」的女兵。
R意味著追蹤部隊的第18順位。

神田

隸屬於民權黨的年輕政治家。
對於國防軍採取批判態度的人權派。
也是反魔法主義者。

上野

以東京為地盤的
執政黨年輕政治家。
眾所皆知的
親近魔法師的議員。

亞弗列德・佛瑪浩特

USNA魔法師部隊「STARS」的一等星魔法師。
階級是中尉。暱稱是弗列迪。
逃離STARS。

查爾斯・沙立文

USNA魔法師部隊「STARS」的衛星級魔法師。
別名「第二魔星」。
逃離STARS。

雷蒙德・S・克拉克

雫留學的USNA柏克萊
某高中的同學。
是名動不動就主動和
雫示好的白人少年。
真實身分是「七賢人」之一。

顧傑

「七賢人」之一。別名紀德．黑顧，
大漢軍方術士部隊的倖存者。

黑羽 貢

司波深夜、四葉真夜的表弟。
亞夜子、文彌的父親。

喬．杜

協助黑顧逃走的神祕男性。
能力出色，即使是要躲避
十師族魔法師們追捕的
困難工作也能俐落完成。

黑羽亞夜子

達也與深雪的從表妹。
和弟弟文彌是雙胞胎。
第四高中的學生。

近江圓磨

熟悉「反魂術」的魔法研究家，
別名「人偶師」的古式魔法師。
據說可以使用禁忌的魔法
將屍體化為傀儡。

黑羽文彌

四葉下任當家候選人。
達也與深雪的從表弟。
和姊姊亞夜子是雙胞胎。
第四高中的學生。

布萊德利．張

逃離大亞聯盟的軍人。
階級是中尉。

詹姆士．傑克森

從澳大利亞來到
日本沖繩的觀光客。
不過他的真實身分是——

丹尼爾．劉

和張一樣是大亞聯盟的逃兵。
也是沖繩祕密破壞行動的主謀。

賈絲敏．傑克森

詹姆士的女兒。雖然年僅十二歲，
卻是非常穩重，
應對進退相當成熟的少女。

檜垣喬瑟夫

昔日大亞聯盟親侵略沖繩時，
和達也並肩作戰的魔法師軍人。
別名「遺族血統」的
前沖繩駐留美軍遺孤的子孫。

名倉三郎

受僱於七草家的強力魔法師。
主要擔任真由美的貼身護衛。

七草弘一

真由美的父親，七草家當家。
也是超一流的魔法師。

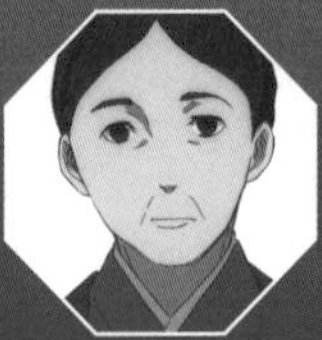

二木舞衣

十師族「二木家」當家。住在兵庫縣蘆屋。
表面職業是數間化學工業、食品工業公司的大股東。
負責監護阪神與中國地區。

三矢 元

十師族「三矢家」當家。住在神奈川縣厚木。
表面職業（不太確定是否能這麼形容）
是跨國的小型兵器掮客。
負責運用至今依然在運作的第三研。

五輪勇海

十師族「五輪家」當家。住在愛媛縣宇和島。
表面職業是海運公司的高層，實質上的老闆。
負責監護四國地區。

六塚溫子

十師族「六塚家」當家。住在宮城縣仙台。
表面職業是地熱發電所挖掘公司的實質老闆。
負責監護東北地區。

八代雷藏

十師族「八代家」當家。住在福岡縣。
表面職業是大學講師以及數間通訊公司的大股東。
負責監護沖繩以外的九州地區。

十文字和樹

十師族「十文字家」當家。住在東京都。
表面職業是做國防軍生意的土木建設公司老闆。
和七草家一起負責監護包含伊豆的關東地區。

東道青波

八雲稱他為「青波高僧閣下」。
如同僧侶般剃髮的老翁，但真實身分不明。
依照八雲的說法是四葉家的贊助者。

部分插圖協助／魔法科高中製作委員會

Glossary
用語解說

一科生的徽章

司波達也的CAD

司波深雪的CAD

魔法科高中

國立魔法大學附設高中的通稱，全國總共設立九所學校。
其中的第一至第三高中，每學年招收兩百名學生，
並且分為一科生與二科生。

花冠、雜草

第一高中用來形容一科生與二科生階級差異的隱語。
一科生制服的左胸口繡著以八枚花瓣組成的徽章，
不過二科生制服沒有。

CAD

簡化魔法發動程序的裝置，
內部儲存使用魔法所需的程式。
分成特化型與泛用型，外型也是各有不同。

Four Leaves Technology〔FLT〕

國內一家CAD製造公司。
原本該公司製造的魔法工學零件比成品有名，
但在開發「銀式」之後，
搖身一變成為知名的CAD製造公司。

托拉斯・西爾弗

短短一年就讓特化型CAD的軟體技術進步十年，
而為人所稱頌的天才技師。

Eidos〔個別情報體〕

原為希臘哲學用語。在現代魔法學，個別情報體指的是
「伴隨事物現象而來的情報」，是「事象」曾經存在於
「世界」的記錄，也可以說是「事象」留在「世界」的足跡。
依照現代魔法學的定義，「魔法」就是修改個別情報體，
藉以改寫個別情報體所代表的「事象」的技術。

Idea〔情報體次元〕

原為希臘哲學用語。在現代魔法學，情報體次元指的是「用來記錄個別情報體的平台」。
魔法的原始形態，就是將魔法式輸入這個名為「情報體次元」的平台，
改寫平台裡「個別情報體」的技術。

啟動式

為魔法的設計圖，用來構築魔法的程式。
啟動式的資料檔案，是以壓縮形式儲存在CAD，魔法師輸入想子波展開程式之後，
啟動式會依照資料內容轉換為訊號，並且回傳給魔法師。

想子

位於靈異現象次元的非物質粒子，記錄認知與思考結果的情報元素。
成為現代魔法理論基礎的「個別情報體」，成為現代魔法骨幹的「啟動式」和
「魔法式」技術，都是由想子建構而成。

靈子

位於靈異現象次元的非物質粒子。雖然已經確認其存在，但是形態與功能尚未解析成功。
一般的魔法師，頂多只能「感覺到」活化狀態的靈子。

魔法師

「魔法技能師」的簡稱。能將魔法施展到實用等級的人，統稱為魔法技能師。

魔法式

用來暫時改變伴隨事物現象而來的情報之情報體。由魔法師持有的想子構築而成。

魔法演算領域

構築魔法式的精神領域，也就是魔法資質的主體。該處位於魔法師的潛意識領域，魔法師平常可以意識到魔法演算領域並且使用，卻無法意識到內部的處理過程。對魔法師本人來說，魔法演算領域也堪稱是個黑盒子。

魔法式的輸出程序

❶從CAD接收啟動式，這個步驟稱為「讀取啟動式」。
❷在啟動式加入變數，送入魔法演算領域。
❸依照啟動式與變數構築魔法式。
❹將構築完成的魔法式，傳送到潛意識領域最上層暨意識領域最底層的「基幹」，從意識與潛意識之間的「閘門」輸出到情報體次元。
❺輸出到情報體次元的魔法式，會干涉指定座標的個別情報體進行改寫。

「實用等級」魔法師的標準，是在施展單一系統暨單一工序的魔法時，於半秒內完成這些程序。

魔法的評價基準（魔法力）

構築想子情報體的速度是魔法的處理能力、
構築情報體的規模上限是魔法的容納能力、
魔法式改寫個別情報體的強度是魔法的干涉能力，
這三項能力總稱為魔法力。

始源碼假說

主張「加速、加重、移動、振動、聚合、發散、吸收、釋放」四大系統八大種類的魔法，各自擁有正向與負向共計十六種基礎魔法式，以這十六種魔法式搭配組合，就能構築所有系統魔法的理論。

系統魔法

歸類為四大系統八大種類的魔法。

系統外魔法

並非操作物質現象，而是操作精神現象的魔法統稱。
從使喚靈異存在的神靈魔法、精靈魔法，或是讀心、靈魂出竅、意識操控等，包括的種類琳琅滿目。

十師族

日本最強的魔法師集團。一条、一之倉、一色、二木、二階堂、二瓶、三矢、三日月、四葉、五輪、五頭、五味、六塚、六角、六鄉、六本木、七草、七寶、七夕、七瀨、八代、八朔、八幡、九島、九鬼、九頭見、十文字、十山共二十八個家系，每四年召開一次「十師族甄選會議」，選出的十個家系就稱為「十師族」。

含數家系

如同「十師族」的姓氏有一到十的數字，「百家」之中的主流家系姓氏也有十一以上的數字，例如「『千』代田」、「『五十』里」、「『千』葉」家。
數字大小不代表實力強弱，但姓氏有數字就代表血統純正，可以作為推測魔法師實力的依據之一。

失數家系

亦被簡稱「失數」，是「數字」遭受剝奪的魔法師族群。
昔日魔法師被視為兵器暨實驗樣本的時候，評定為「成功案例」得到數字姓氏的魔法師，要是沒有立下「成功案例」應有的成績，就得接受這樣的烙印。

各式各樣的魔法

● 悲嘆冥河
凍結精神的系統外魔法。凍結的精神無法命令肉體死亡，
中了這個魔法的對象，肉體將會隨著精神的「靜止」而停止、僵硬。
依照觀測，精神與肉體的相互作用，也可能導致部分肉體結晶化。

● 地鳴
以獨立情報體「精靈」為媒介振動地面的古式魔法。

● 術式解散
把建構魔法的魔法式，分解為構造無意義的想子粒子群的魔法。
魔法式作用於伴隨事象而來的情報體，基於這種性質，魔法式的情報結構一定會曝光，無法防止外力進行干涉。

● 術式解體
將想子粒子群壓縮成塊，不經由情報體次元直接射向目標物引爆，摧毀目標物的啟動式或魔法式這種紀錄魔法的想子情報體，屬於無系統魔法。
即使歸類為魔法，但只是一種想子砲彈，結構不包含改變事象的魔法式，因此不受情報強化或領域干涉的影響。此外，砲彈本身的壓力也足以反彈演算干擾的影響。由於完全沒有物理作用力，任何障礙物都無法防堵。

● 地雷原
泥土、岩石、砂子、水泥，不拘任何材質，
總之只要是具備「地面」概念的固體，就能施以強力振動的魔法。

● 地裂
由獨立情報體「精靈」為媒介，以線形壓潰地面，
使地面乍看之下彷彿裂開的魔法。

● 乾冰雹暴
聚集空氣中的二氧化碳製作成乾冰粒，
將凍結過程剩餘的熱能轉換為動能，高速射出乾冰粒的魔法。

● 迅襲雷蛇
在「乾冰雹暴」製造乾冰顆粒時，凝結乾冰氣化產生的水蒸氣，
溶入二氧化碳氣體使其形成高導電霧，再以振動系與釋放系魔法產生摩擦靜電。以溶入碳酸的水霧或水滴為導線，朝對方施展電擊的組合魔法。

● 冰霧神域
振動減速系廣域魔法。冷卻大容積的空氣並操縱其移動，
造成廣範圍的凍結效果。
簡單來說，就像是製造超大冰箱一樣。
發動時產生的白霧，是在空中凍結的冰或乾冰。
但要是提升層級，有時也會混入凝結為液態氮的霧。

● 爆裂
將目標物內部液體氣化的發散系魔法。
如果是生物就是體液氣化導致身體破裂，
如果是以內燃機為動力的機械就是燃料氣化爆炸。
燃料電池也不例外。即使沒有搭載可燃的燃料，無論是電池液、油壓液、冷卻液或潤滑液，世間沒有機械不搭載任何液體，因此只要「爆裂」發動，幾乎所有機械都會毀損而停止運作。

● 亂髮
不是指定角度改變風向，而是為了造成「絆腳」的含糊結果操作氣流，以極接近地面的氣流促使草葉纏住對方雙腳的古式魔法。只能在草長得夠高的原野使用。

魔法劍

使用魔法的戰鬥方式，除了以魔法本身為武器作戰，還有以魔法強化、操作武器的技術。
以魔法配合槍、弓箭等射擊武器的術式為主流，不過在日本，劍技與魔法組合而成的「劍術」也很發達。
現代魔法與古式魔法兩種領域，都開發出堪稱「魔法劍」的專用魔法。

1.高頻刃

高速振動刀身，接觸物體時傳導超越分子結合力的振動，將固體局部液化之後斬斷的魔法。和防止刀身自我毀壞的術式配套使用。

2.壓斬

使劍尖朝揮砍方向的水平兩側產生排斥力，將劍刃接觸的物體像是左右推壓般割斷的魔法。排斥力場細得未滿一公釐，強度卻足以影響光波，因此從正面看劍尖是一條黑線。

3.童子斬

被視為源氏祕劍而相傳至今的古式魔法。遙控兩把刀再加上手上的刀，以三把刀包圍對手並同時砍下的魔法劍技。以同音的「童子斬」隱藏原本「同時斬」的意義。

4.斬鐵

千葉一門的祕劍。不是將刀視為鋼塊或鐵塊，而是定義為「刀」這種單一概念，依循魔法式所設定的刀路而動的移動系統魔法。被定義為單一概念的「刀」如同單分子結晶之刃，不會折斷、彎曲或缺角，將會沿著刀路劈開所有物體。

5.迅雷斬鐵

以專用武裝演算裝置「雷丸」施展的「斬鐵」進化型。將刀與劍士定義為單一集合概念，因此從接觸敵人到出招的一連串動作，都能毫無誤差地高速執行。

6.山怒濤

以全長一八〇公分的大型專用武器「大蛇丸」所施展的千葉一門的祕劍。將己身與刀的慣性減低到極限並高速接近對手，在交鋒瞬間將至今消除的慣性疊加，提升刀身慣性後砍向對方。這股偽造的慣性質量和助跑距離成正比，最高可達十噸。

7.薄翼蜻蜓

將奈米碳管編織為厚度十億分之五公尺的極致薄膜，再以硬化魔法固定為全平面而化為刀刃的魔法。薄翼蜻蜓製成的刀身比任何刀劍或剃刀都要銳利，但術式不支援揮刀動作，因此術士必須具備足夠的刀劍造詣與臂力。

魔法技能師開發研究所

西元二〇三〇年代，日本政府因應第三次世界大戰當前而緊張化的國際情勢，接連設立開發魔法師的研究所。研究目的不是開發魔法，始終是開發魔法師，為了製造出最適合使用所需魔法的魔法師，基因改造也在研究範圍。

魔法技能師開發研究所設立了第一至第十共十所，至今依然有五所運作中。

各研究所的細節如下所述：

魔法技能師開發第一研究所

二〇三一年設立於金澤市，現在已關閉。

開發主題是進行對人戰鬥時直接干涉生物體的魔法。氣化魔法「爆裂」是衍生形態之一。不過，操作人體動作的魔法可能會引發傀儡攻擊（操作他人進行的自殺式恐怖攻擊），因此禁止研發。

魔法技能師開發第二研究所

二〇三一年設立於淡路島，運作中。

和第一研的主題成對，開發的魔法是干涉無機物的魔法。尤其是關於氧化還原反應的吸收系魔法。

魔法技能師開發第三研究所

二〇三二年設立於厚木市，運作中。

目的是開發出能獨力應付各種狀況的魔法師，致力於多重演算的研究。尤其竭力實驗測試可以同時發動、連續發動的魔法數量極限，開發可以同時發動複數魔法的魔法師。

魔法技能師開發第四研究所

詳情不明，推測位於前東京都與前山梨縣的界線附近，設立時間則估計是二〇三三年。現在宣稱已經關閉，而實際狀況也不明。只有前第四研不是由政府，是對國家具備強大影響力的贊助者設立。傳聞現在該研究所從國家獨立出來，接受贊助者的支援繼續運作，也傳聞該贊助者實際上從二〇二〇年代之前就經營著該研究所。

據說其研究目標是試圖利用精神干涉魔法，強化「魔法」這種特異能力的源泉，也就是魔法師潛意識領域的魔法演算領域。

魔法技能師開發第五研究所

二〇三五年設立於四國的宇和島市，運作中。

研究的是干涉物質形狀的魔法。主流研究是技術難度較低的流體控制，但也成功研究出干涉固體形狀的魔法。其成果就是和USNA共同開發的「巴哈姆特」。加上流體干涉魔法「深淵」，該研究所開發出兩個戰略級魔法，是國際聞名的魔法研究機構。

魔法技能師開發第六研究所

二〇三五年設立於仙台市，運作中。

研究如何以魔法控制熱量。和第八研同樣偏向是基礎研究機構，相對的缺乏軍事色彩。不過除了第四研，據說在魔法技能師開發研究所之中，第六研進行基因改造實驗的次數最多（第四研實際狀況不明）。

魔法技能師開發第七研究所

二〇三六年設立於東京，現在已關閉。

主要開發反集團戰鬥用的魔法，群體控制魔法為其成果。第六研的軍事色彩不強，促使第七研成為兼任戰時首都防衛工作的魔法師開發研究設施。

魔法技能師開發第八研究所

二〇三七年設立於北九州市，運作中。

研究如何以魔法操作重力、電磁力與各種強弱不同的交互作用力。基礎研究機構的色彩比第六研更濃厚，但是和國防軍關係密切，這一點和第六研不同。部分原因在於第八研的研究內容很容易連結到核武開發，在國防軍的保證之下，才免於被質疑暗中開發核武。

魔法技能師開發第九研究所

二〇三七年設立於奈良市，現在已關閉。

研究如何將現代魔法與古式魔法融合，試圖藉由讓現代魔法吸收古式魔法的相關知識，解決現代魔法不擅長的各種課題（例如模糊不明確的術式操作）。

魔法技能師開發第十研究所

二〇三九年設立於東京，現在已關閉。

和第七研同樣兼具防衛首都的目的，研究如何在空間產生虛擬結構物的領域魔法，作為遭遇高火力攻擊的防禦手段。各式各樣的反物理護壁魔法為其成果。

此外，第十研試圖使用不同於第四研的手段激發魔法能力。具體來說，他們致力開發的魔法師並非強化魔法演算領域本身，而是能讓魔法演算領域暫時超頻，因應需求使用強力的魔法。但是成功與否並未公開。

除了上述十間研究所，開發元素家系的研究所從二〇一〇年代運作到二〇二〇年代，但現今全部關閉。此外，國防軍在二〇〇二年設立直屬於陸軍總司令部的祕密研究機構，至今依然獨自進行研究。九島烈加入第九研之前，都在這個研究機構接受強化處置。

戰略級魔法師——十三使徒

現代魔法是在高度科技之中培育而成，因此能開發強力軍事魔法的國家有限，導致只有少數國家能開發匹敵大規模破壞兵器的戰略級魔法。

不過，開發成功的魔法會提供給同盟國，高度適合使用戰略級魔法的同盟國魔法師，也可能被認證為戰略級魔法師。

在2095年4月，各國認定適合使用戰略級魔法，並且對外公開身分的魔法師共十三名。他們被稱為「十三使徒」，公認是世界軍事平衡的重要因素。

十三使徒的國籍、姓名與戰略級魔法名稱如下所述：

USNA

安吉．希利鄔斯：「重金屬爆散」
艾里歐特．米勒：「利維坦」
羅蘭．巴特：「利維坦」
※其中只有安吉．希利鄔斯任職於STARS。艾里歐特．米勒位於阿拉斯加基地，羅蘭．巴特位於國外的直布羅陀基地，兩人基本上不會出動。

新蘇維埃聯邦

伊果．安德烈維齊．貝佐布拉佐夫：「水霧炸彈」
列昂尼德．肯德拉切科：「大地紅軍」
※肯德拉切科年事已高，基本上不會離開黑海基地。

大亞細亞聯盟

劉雲德：「霹靂塔」
※劉雲德已於2095年10月31日的對日戰鬥中戰死。

印度、波斯聯邦

巴拉特．錢德勒．坎恩：「神焰沉爆」

日本

五輪 澪：「深淵」

巴西

米吉爾．迪亞斯：「同步線性融合」
※魔法式為USNA提供。

英國

威廉．馬克羅德：「臭氧循環」

德國

卡拉．施米特：「臭氧循環」
※臭氧循環的原型，是分裂前的歐盟因應臭氧層破洞而共同研發的魔法。後來由英國完成，依照協定向前歐盟各國公開魔法式。

土耳其

阿里．夏亨：「巴哈姆特」
※魔法式為USNA與日本所共同開發完成，由日本主導提供。

泰國

梭姆．查伊．班納克：「神焰沉爆」
※魔法式為印度、波斯聯邦提供。

The International Situation
2096年現在的世界情勢

以全球寒冷化為直接契機的第三次世界大戰——二十年世界連續戰爭大幅改寫了世界地圖。世界現狀如下所述：

USA合併加拿大以及墨西哥到巴拿馬等各國，組成北美利堅大陸合眾國（USNA）。

俄羅斯再度吸收烏克蘭與白俄羅斯，組成新蘇維埃聯邦（新蘇聯）。

中國征服緬甸北部、越南北部、寮國北部以及朝鮮半島，組成大亞細亞聯盟（大亞聯盟）。

印度與伊朗併吞中亞各國（土庫曼、烏茲別克、塔吉克、阿富汗）以及南亞各國（巴基斯坦、尼泊爾、不丹、孟加拉、斯里蘭卡），組成印度、波斯聯邦。

亞洲阿拉伯其餘國家，分區締結軍事同盟，對抗新蘇聯、大亞聯盟以及印度、波斯聯邦三大國。

澳洲選擇實質鎖國。

歐洲整合失敗，以德國與法國為界分裂為東西兩側。東歐與西歐也沒能各自整合為單一國家，團結力甚至不如戰前。

非洲各國半數完全消滅，倖存的國家也只能勉強維持都市周邊的統治權。

南美除了巴西，都處於地方政府各自為政的小國分立狀態。

The irregular
at magic high school

澳大利亞，達爾文基地。這裡曾經是國際機場，不過在世界連續戰爭過後，澳大利亞實質上進入鎖國狀態，因此國際線的民用機場關閉。

相對的，在英國的斡旋之下，這裡興建了魔法師研究設施。

一般來說，即使採取鎖國政策，也並非完全斷絕和外國交流。即使在國家立場阻斷外交管道，依然以民間貿易的形式（或是偽裝成民間交流）和外國維持有限的聯繫。

何況澳大利亞並非將鎖國標榜為國家大計，只是以「阻止恐怖分子入侵」為名目極度嚴格管制人員進出，嚴格到人們實際上不可能出入境。

所以，如果是政府認可需要的對象，就會在檯面下放行。需要交涉的話就祕密派遣外交官。

澳大利亞成功阻止國土沙漠化，也成功將沙漠改造為耕地，因此糧食與礦物資源都可以只靠本國供給，充分達到自給自足的程度。

澳大利亞需要的是保護自己國家的軍事力，以及為此所需的軍事技術。

尤其是軍事魔法技術，必須足以驅逐越過海岸線入侵國內的游擊組織軍事勢力，將國民生命與財產的犧牲降到最小。

依照歷史的經緯，這個國家依賴的是魔法技術先進程度公認和ＵＳＮＡ並駕齊驅的英國。

來自英國的極超音速運輸機降落在達爾文空軍基地。是能在平流層上層以六倍音速飛行的最新機種。可以移用為極超音速轟炸機，對於英國空軍來說是壓箱寶。之所以使用這架飛機，是因為載送的乘客是英國的ＶＩＰ。

這個人不是高階將官，也不是有力政治家，身分是民間研究員，對於英國來說卻是左右國防力，真的是最高級的重要人物。

「威廉．馬克羅德先生，歡迎您來訪。」

達爾文基地司令官親自迎接的這位英國ＶＩＰ，是戰略級魔法師「十三使徒」之一——威廉．馬克羅德。此外，因為大亞聯盟官方不承認劉雲德戰死，所以公認的戰略級魔法師依然是「十三」使徒。

「承蒙您盛情迎接，不好意思。」

馬克羅德現年六十歲，是銀色頭髮梳齊貼平的高瘦年長紳士。言行舉止彬彬有禮，乍看只覺得是比起英國首相有過之而無不及的大人物。

「威廉先生，這邊請。」

基地司令的副官打開自動車的車門，不是行舉手禮，而是恭敬鞠躬。

馬克羅德非常文雅地鞠躬回禮，坐上勞斯萊斯的禮車。

禮車開往地底防空洞深處所保護的研究所。

那是調整體魔法師的研究製造設施。馬克羅德昔日也在此指導澳大利亞軍「製造」魔法師。

不只是調整體，自然誕生的魔法師也運用馬克羅德的知識與技術強化。戰後的澳大利亞軍魔法師部隊培育出此等實力，要說是馬克羅德的功績也不為過。

「長官，好久不見。」

「長官，很榮幸能再見到您。」

在不像是位於地底的豪華房間裡等待馬克羅德前來的，是看起來只有十二、三歲的白人少女，以及推測三十多歲的白人男性。

「賈絲，很高興能再見到妳。強森上尉看來也完全沒變，真是太好了。」

「長官，我也是。」

「長官，不敢當。」

「兩位都放輕鬆吧。」

馬克羅德坐在沙發，同時對兩人下令。

少女與上尉都只改成稍息姿勢，沒有坐下。

「事不宜遲，你們聽聞詳情了吧？」

少女與上尉兩人同時回答「是，長官」。

「我想你們不太願意進行這項作戰，但是從力量平衡的觀點來看，日本繼續發展勢力不是好事。這項作戰不只是對於我國，對於大英國協也意義非凡。」

第三次世界大戰之後，世界秩序重新整合，大英國協名副其實地滅亡。

不過即使組織消失，連結依然殘留。各地暗中繼續合作，以便隨時成立新大英國協。

——只不過對於英國或澳大利亞來說，新大英國協都不是唯一的選擇。英國與澳大利亞都正確認知這一點，也理解到對方抱持這種想法。

「不，屬下對於命令沒有不滿，會盡一己的棉薄之力。」

回答的少女名叫賈絲。本名賈絲敏・威廉斯上尉。馬克羅德親自調校的「威廉斯家族」之一。

一反看起來只有十二、三歲的外表，是今年二十九歲的老練魔法師。

「這樣啊。」

馬克羅德滿意點頭，從內袋取出卡式儲存裝置。

「我想，你們應該只聽過作戰概要。」

馬克羅德說完，強森上尉回答「是的，長官」。

「作戰細節記錄在這裡。不過一如往常，地名與人名全部省略。」

正如馬克羅德所說，這是司空見慣的事，所以賈絲敏與強森都沒有特別插嘴。

「攻擊目標是沖繩群島的久米島外海，日本為了採掘海底資源而建設的人工島。」

馬克羅德朝著等待他說明的兩人如此告知。

◇◇◇

二〇九七年三月十日，星期日。

為了搜索恐怖分子而轉學到第一高中的一条將輝完成任務。達也與深雪目送他返回金澤之後，回到魔法協會關東分部的會客室。

四葉家當家，兩兄妹的姨母——四葉真夜在室內等待著兩人。

「母親大人，讓您久等了嗎？」

達也不是稱呼「姨母大人」而是「母親大人」，因為這裡不是自家，也不是四葉家的據點，而是魔法協會。

「不，達也，預定的時間還沒到喔。」

兩人看過時鐘，知道還沒到預定的時間。但若真夜覺得自己在等，這種事就沒意義了。聽到真夜的回應，深雪比達也更是暗自鬆了口氣。

「兩人都坐吧。」

真夜不以命令語氣，而是以柔和的語句邀兩人坐下，反而使得兩兄妹提高警覺。應該說預料到肯定會被硬塞某些麻煩事。

不過在這個時候，繼續站著反而不周到吧。達也先坐下，深雪隨後跟著坐下。

「達也，不好意思，雖然剛處理完顧傑的事情……」

達也覺得內心發涼。大漢出身的恐怖分子引發的事件，以「結束」的意義來說算是處理完畢，卻稱不上已經解決。比方說警方還在持續搜查，國會也熱烈討論如何防止事件連續（不是再度）發生。

恐攻事件沒能以最好的形式解決，這部分已經向真夜謝罪取得原諒。但這種事隨時都可以反悔或重提。達也會感到緊張也不能說是他想太多。

「不過又想拜託你一份工作了。」

「其實只要您吩咐一聲，我就會主動去本家報到。」

真夜笑咪咪地告知，相對的，達也慎重回應。

「不用這麼貼心沒關係的。我也要來這邊辦點事。」

達也沒問真夜來辦什麼事。

四葉家也不是吸收日月精華就能活下去的仙人，更不是靠那座山間小村就自給自足。

昔日那座村子整個都是軍方的祕密研究設施。有必要的時候必須和外界斷絕聯繫，藉以持續保護研究成果，基於這個前提並不是不能自給自足，但即使食衣住等消費可以自給，某些時候還是需要花錢。

四葉也有旗下企業、客戶或是贊助者，偶爾由當家親自拜會也是不可或缺的。

「我想拜託你去一趟沖繩。和深雪一起去。」

「和深雪嗎？」

「表面上，『那個事件』到今年將滿五年，要舉辦五週年的慰靈祭，所以希望你出席準備會議。雖說出席，但是只聽別人發言也沒關係。因為政府標榜要尊重犧牲者遺族的意見。除此之外，春分追思的法會也要請你們出席。」

「那個事件」是指二〇九二年八月爆發的大亞聯盟侵略沖繩事件。

在當時的戰鬥，達也他們失去了親生母親深夜的守護者，視他們如己出的櫻井穗波。

「可是姨母大人，我們並不是遺族……」

但深雪依然不以為意像這樣插嘴。與其說是她自己不想去，應該說她不希望達也想起這段難受的記憶。

達也還沒找回真正的情感。或許直到死亡都無法取回。

然而，即使沒有真實的悲傷情緒，依然會有一些悲傷的想法。

「接近遺族了吧？而且這也是十師族的公務。和那個事件有直接關係的十師族只有你們。」

不過，這種藉口基本上不可能對真夜管用。

「……好的，知道了。抱歉我提出了無聊的意見。」

「不用在意沒關係的。」

真夜露出笑容接受深雪的謝罪，將視線移回達也。

「然後，我真正想拜託的工作是這個。」

在真夜背後待命的葉山，不需要主人對他使眼神，就主動將一個大信封交給達也。

「方便我打開看嗎？」

「嗯，麻煩在這裡看。」

達也以會客桌上預先準備的拆信刀開封，從信封裡取出附有素色薄封面與封底，約十頁裝訂成冊的文件。

達也翻閱之後，將文件收回信封，起身還給葉山。

葉山向達也行禮，將信封交給真夜。

「達也，可以幫忙處分嗎？」

達也回應「是」，同時再度從真夜手中接過信封。

信封交到他手中的下一秒，就連同裡面的文件消失無蹤。達也將其分解了。

「母親大人，方便我將內容告訴深雪嗎？」

「嗯，那當然。我個人希望你們合力解決這件事，不過做法交給你決定。」

但是，這次不許失敗。

真夜沒刻意說出這句話，即使沒說出口，達也也明白這是被要求做到盡善盡美的事情。

「遵命。」

達也行禮致意，真夜點頭回應之後起身。

「抱歉連茶水都沒招待。因為行程有點緊湊。」

「不，請別在意。」

達也與深雪也隨後起身。

兩人前傾四十五度角致上最深的敬意，真夜對他們說「先告辭了」離開房間。

◇　◇　◇

週末結束的星期一。

深雪正要前往實習室時，雫在走廊向她搭話。
「深雪，要去沖繩嗎？」
聽到「去沖繩」三個字，深雪內心頗為慌張。她昨晚已經聽達也說明真夜「真正的委託」。雫不可能知道這件事，但在時機上難免有所聯想。
「沖繩？」
「嗯。」
「知道沖繩的久米島蓋了人工島嗎？」
穗香代替沒說清楚的雫，插嘴負責說明。
「嗯，我知道。」
深雪表面上維持完全平靜，就這麼點頭回應。
「不愧是深雪……」
穗香突然佩服起來，因為她直到聽雫說明才知道人工島的事。此外，雫也是聽父母說明才知道，所以這很正常。
「……然後，伯父的公司出資協助這座人工島的建設。」
深雪不太感到意外。
雫的父親是日本頂尖企業集團的總帥，而且久米島外海建設的人工島，在日本的資源政策具

如果政府沒要求出資才令人意外吧。

「那座人工島上個月完成了。所以……」

穗香朝雫使眼神。大概是認為接下來這句話應該由雫說。

「要舉辦竣工紀念宴會。深雪也一起去嗎？」

雫從穗香那裡接棒，如此邀請深雪。

「什麼時候？」

「三月二十八號。順便當成度假，所以預定二十五號出發，三十一號回來。」

「……對不起。家裡剛好同時有行程。」

深雪滿懷歉意（不是裝出來的，是發自內心）出言婉拒，穗香睜大雙眼。

「妳說的『家裡』是四葉家？」

穗香一說完，就連忙摀住自己的嘴。

「並不是什麼奇怪的行程喔。」

這副狼狽的模樣引得深雪苦笑。深雪知道四葉家受人懼怕，但還是覺得她反應過度。

「沖繩事件至今將滿五年對吧？」

近幾年說到沖繩事件，指的是二〇九二年八月的大亞聯盟侵略沖繩事件。穗香如此解釋。

「五年算是一個里程碑，所以今年夏天預定舉辦大規模的慰靈祭。我要參加準備會議。」

真正的里程碑應該是明年的七年忌辰才對……深雪不以為意地補充說。

大概是察言觀色吧，穗香與雫都沒多說什麼。

「剛好在那個時期進行的春分追思法會也得參加。所以哥哥和我會在二十三號結業典禮結束之後前往沖繩。雖然因為這樣沒辦法一起旅行……不過畢竟都在沖繩，或許會在那邊巧遇。」

聽到達也要去沖繩，穗香眼神閃亮。既然是十師族四葉家的工作，就不可能一起旅行……穗香正要死心的時候得知地點同樣是沖繩，內心充滿期待。

「如果有空可以一起玩嗎？」

不只是洋溢出來的氣氛變得積極，穗香連身體都前傾詢問。

「也對。應該不會一直工作，所以有空的話再連絡你們。」

深雪露出溫和的笑容點頭。

「嗯。」

在穗香身旁聽深雪回應的雫，雖然一如往常寡言，看起來卻挺期待的。

◇　◇　◇

三月十五日。今天是魔法科高中的畢業典禮。不只是第一高中，九所魔法科高中的畢業典禮在同一天舉行。

在第一高中，畢業生送別派對剛結束不久，校內籠罩著喜悅與寂寞共存的喧囂。

去年達也還是風紀委員，所以沒有參與畢業典禮與派對的進行，只有待命以備不時之需。但是今年他身為學生會幹部四處奔走，成為會長深雪的背後支柱。

今年派對也是一科生與二科生分開舉辦。完成派對善後工作的達也剛回到學生會室。被許多來賓圍繞而忙於應對的深雪比他還早回來。

「哥……不，達也大人。」

表面上不能稱呼「哥哥」，但是稱呼「達也同學」不太適當。

最近深雪已經習慣到可以在講完「哥哥」之前改口，但還是沒能順口叫出「達也同學」。這樣稱呼達也，令深雪隱約有種自己和達也站在對等立場的「錯覺」，無法拭去這份突兀感。

為此，深雪採用的妥協方案是「達也大人」這個稱呼。似乎是聽水波叫「達也大人」之後，認為自己也可以這樣叫。

尊稱未婚夫為「大人」，和深雪如同從童話裡走出來的美貌意外地契合，所以旁人也自然而然接受「達也大人」這個稱謂。

「工作辛苦了。」

「深雪才辛苦了。」

達也坐在堪稱指定座位的終端機前面，水波端了一杯咖啡過來。

終端機周圍原本禁止飲食，卻沒人對達也指摘這一點。學生會室的所有資訊機器，實質上都是由達也一個人負責維修，即使是對他不友善的泉美，如今也無法說長道短多加批評。

……這方面也好，深雪的領袖氣質也罷，依照民主主義的原理，無法否認現在第一高中的學生會確實具備危險的一面。

只不過，達也是基於正當理由，所以不是坐在可以飲食的桌旁，而是坐在終端機前面。（名目上）平常用來開會的桌旁，坐滿梓、五十里、花音、服部、桐原、紗耶香等畢業生。

「司波學弟，辛苦了。」

五十里就這麼坐著對達也出言慰勞。

達也同樣坐著點頭回應。慶賀畢業的話語已經重複很多次，所以他這時候沒有刻意說。畢業生們（包含花音）都沒計較達也的態度。五十里也立刻回到眾人的對話圈。

「所有人依照預定計畫沒問題吧？」

梓提問確認。沒人否定。

「居然是這些成員一起畢業旅行，我一年級的時候想都沒想過。」

「壬生，事到如今別在意這種事。」

「服部說得沒錯喔，壬生。」

「沒錯，壬生同學不也是戰友嗎？……但我個人其實希望只和啟一起去。」

「花音，不可以講這種話喔。」

「是～」

達也一邊喝咖啡，一邊不經意聽著服部他們交談，此時穗香走到他身邊。

「中条學姊他們的畢業旅行，好像是去沖繩。」

「學長姊們也去沖繩？」

達也從深雪那裡得知，穗香與雫也和他們在相同時期前往沖繩。

「是的。雫家裡出資的人工島建設計畫，五十里學長家也提供技術合作，所以大家都會參加竣工紀念宴會。」

「原來如此。」

五十里家是刻印魔法的權威。刻印魔法的實用性尤其在防災方面備受讚賞。雖然時效不長，但是只要事先加上刻印，就可以迅速在極短時間大幅提升建材的防火與抗震功能。

人工島是海底資源採掘基地，具備國家級的重要意義，在人工島使用刻印魔法，以魔法的活用方法來說相當合理。可以理解為何請五十里家提供協助。

時間上和達也接受的任務重疊，老實說並非偶然。真夜吩咐的工作也和穗香提到的人工島「西果新島」竣工紀念宴會有關。

原本達也至少應該警告穗香與雫一聲。但他決定以保密為優先。

不提達也，對於深雪來說，將好友捲入事件，在她內心造成很大的糾葛。但是這個情報牽扯到的祕密任務甚至也將國防軍捲入，深雪想警告也無從說明。

◇ ◇ ◇

即使畢業典禮結束，第三學期也持續到春假。

今年因為行事曆的關係，結業典禮比往年提早兩天。雖然這麼說，但敵人的進攻不會顧慮這邊是否方便。

達也從真夜那裡接到的命令，是阻止敵方衝著二十八日久米島外海人工島竣工紀念宴會進行的破壞作戰。所以如果只是要完成這項任務，即使放春假之後才行動也不遲。

但是給敵方愈多時間，任務的難度就愈高。何況敵方的目標不一定只有紀念典禮。如果四葉家魔法師在場卻放任敵國勢力暗中破壞，即使任務本身完成，也可能無法達成原本的目的。

只不過如果變成這種結果，就不再是四葉家自己的問題。不只是十師族將顏面掃地，對於國防軍來說也是一大恥辱。外國特務員企圖在日本進行破壞作戰。四葉家與國防軍面對這項情報時的利害關係一致。

三月十七日，星期日。身為四葉家魔法師，同時也是國防軍特務軍官的達也造訪所屬的獨立魔裝大隊總部，就某方面來說是理所當然的演變。

但是達也在這項任務，並不是以國防軍成員的身分行動，而是以四葉家魔法師的身分協助軍方。他必須堅守這個立場。

今天開會首先必須決定的事情，是達也何時要和風間的部隊會合。

「我們先去沖繩吧。貴官在二十四日的追思法會前來會合就好。」

達也一提出這個話題，風間就立刻如此回答。這次的風間相當明理。或許是對於之前坐視顧傑恣意妄為感到後悔。

總之，無論是什麼理由，達也都很感謝他這麼說。

「在下恭敬不如從命。」

達也率直表達謝意，進而毫不保留說出內心的疑問。

「不過，中校要直接在現場指揮嗎？」

「不只是指揮，這次我也是戰力。因為基於作戰性質不能出動太多人。」

風間露出無懼一切的笑容，搖頭回應達也的問題。

或許是久違親赴戰場而激發鬥志吧。

「但敵方不一定是小型編制的特務部隊。」

達也並不是當真這麼認為。上次的沖繩事件至今五年，橫濱事變至今一年半，達也認為……應該說他相信國防軍與警察沒有無能到再度放任大編制的特務部隊入侵。

風間也抱持相同想法，但他沒劈頭否定達也提出的可能性。

「要是對方派出大型部隊，就以當地的兵力應付。對於敵方來說，即使破壞任務沒成功，只要事情鬧大就算是達成目的。」

達也立刻理解風間的意思。

企圖進行特務作戰的敵方，戰術目的是破壞人工島，或是殺害參加宴會的要人。

然而戰略目標是煽動日本人的敵意，廢除談和條約。

要是這邊動用大規模人力，媒體當然會警覺到這是為了防範某種狀況而出動。若是查出大亞聯盟的反談和派企圖進行破壞作戰，光是這樣就會刺激輿論。

不過在當前的情勢下，這種做法不只是對於日本，對於大亞聯盟肯定也是弊大於利……

日本與大亞聯盟是在二〇九五年十二月簽訂休戰協定。

在二〇九五年十月底焚燒朝鮮半島南端的「灼熱萬聖節」，大亞聯盟失去一個海軍基地與許多艦艇。為了確保戰勝大亞聯盟，日本國防海軍乘勝追擊，於十一月中命令艦隊從佐世保出擊。雖然留下部分軍力防備新蘇聯，所以稱不上是全體艦隊出擊，但除此之外可以動員的艦艇可以說是全部集結。從佐世保出擊的艦隊中，日本公認的戰略級魔法師，「十三使徒」之一的五輪澪也同行。對於日本來說，實際上是總體戰的態勢。

幸好出擊的艦隊沒有真的和大亞聯軍交火。沒動用戰略級魔法「深淵」，日本也沒失去寶貴的戰略級魔法師。在這之前，大亞聯盟就透過東南亞細亞同盟的仲介提出休戰申請並且成立。

二〇九六年三月，大亞聯盟對於日本的主張幾乎照單全收，迅速簽定談和條約。

談和之所以迅速成立，某方面也是因為日本提出的條件較為寬鬆。

不過，主要原因依然在於大亞聯盟受到的損害就是如此嚴重。

雖然這麼說，但也不是所有人都贊成談和。

在任何國家或任何軍隊都一樣，肯定存在著反對談和的勢力。在日本以及大亞聯盟，都出現不少反對談和的聲浪。

不只如此，還有人更積極地企圖破壞談和，重新回到戰爭狀態。

三月二十一日。沖繩那霸機場。

這天不是特別的日子。和昨天一樣，是三百六十五天中的一天。起降的飛機以及上下的乘客都完全不同，但是這樣的差異都可以視為「個性」納入可容許的範圍。

比方說即使是身高兩公尺，體重一百數十公斤的彪形大漢，只要備妥護照，行李也合法，就可以和其他旅客一樣通過海關。

這名男性不像其他旅客帶著大型行李箱。他只提著隨身行李的一個波士頓包，從入境大廳離開，走向計程車招呼站。

不知為何，他的周圍沒有其他人。

也沒人走出建築物，一輛計程車都沒停。

男性對此覺得可疑，停下腳步。

一人分的腳步聲，從國內線航廈的方向接近。

男性轉身面向聲音來源。

波士頓包放到路面，稍微彎曲膝蓋與手肘，以便隨時擺出架式。
對方沒有男性那麼魁梧，卻同樣是筋肉隆隆的壯漢，只是男性過於高大，這名人物擁有的體格也足以稱為巨漢。
內行人只要看一眼就知道。
這兩人不只是身體高大，體內也蘊含用來戰鬥的能力。擁有只為了戰鬥而千錘百鍊的肉體。
「呂上尉……」
男性朝著走過來的人影說。不，只是不禁輕聲說出對方的名字。
「逃兵，布萊德利・張中尉。」
相對的，呂剛虎這句話明顯是朝對方說的。
「要抵抗也無妨喔。」
呂剛虎臉上露出食人虎的笑容。
「嘖，鬼門遁甲嗎？」
張終於察覺四下無人的原因。在鬼門遁甲的作用之下，這裡現在成為一種隔離空間。肯定是用來抓他的網子。
若是比體格，張高了十公分，體重多二十公斤。
然而露出從容表情的是呂剛虎，露出焦急表情的是布萊德利・張。

張轉身背對呂剛虎。

佯裝要逃跑，感應背後逼近的氣息往後踢。

呂剛虎沒停下腳步。他的身體沒有停止。

他單手擋住布萊德利・張的鞋子，就這麼推回去。

張的身體騰空而起。

以無法從他高大身軀想像的矯健身手，跳到計程車招呼站的屋頂。

張看向下方揚起嘴角，表情卻立刻緊繃。

呂剛虎不在道路上。

布萊德利・張抬起頭。

張與呂剛虎四目相對。兩人的視線高度相同。

張滾落屋頂。是自行趴倒，從屋頂翻落。

呂剛虎纏著強風的右腳，掃向張的頭部前一瞬間所在的位置。

呂剛虎讓身體在半空中水平迴轉，左腳蹬向屋頂邊緣，回到路面。

先一步調整好身體架式的張，攻向雙腳剛著地的呂剛虎。

布萊德利・張的手刀縱向畫出弧線，從呂剛虎的頭頂揮下。

呂剛虎從下方使出掌打，迎擊張的手刀。

如同敲響銅鑼的撞擊聲轟然作響。

「鋼氣功……」

「這不是你專屬的招式喔。」

呂剛虎低語之後，張如此回應。

這聲低語反倒有種愉快的感覺，這聲回應沒有誇耀勝利的音調。

呂剛虎笑了。

齜牙咧嘴的猙獰笑容。

呂剛虎朝道路一蹬。

在水泥路面留下焦黑的腳印，眨眼之間接近張。

眼花撩亂地揮拳、肘擊、掌打。

張露出下定決心的表情應戰。

戰況明顯是呂剛虎占優勢。

一把匕首在這時候射過來。

呂剛虎輕易架開，但他的猛攻在這一瞬間斷絕。

張沒有乘機反擊，而是縱身和呂剛虎拉開距離。

呂剛虎沒轉頭，只以目光看向匕首射來的方向。

那裡站著一名身高約一八〇公分，戴著墨鏡的男性。
以鬼門遁甲設下的驅人陣遭人入侵。
呂剛虎認知這一點的時候，一個「聲音」對他說話。
『呂上尉，到此為止。暫時撤退。』
發出聲音的不是他定睛注視的前方敵人。也不是自己人從後方接近。更沒有傳聲的揚聲器。
「是。」
呂剛虎簡短回應這個憑空出現的「聲音」，轉身背對張。
張維持應戰姿勢，看著呂剛虎悠然離去，如同准許他隨時攻擊的背影。
呂剛虎的身影消失在建築物中。
計程車開向這裡。
沒什麼好訝異的。這裡是計程車招呼站。
布萊德利．張和墨鏡男性會合，搭乘停靠在一旁的計程車。

◇　◇　◇

「查出布萊德利．張那個同伴的真實身分了嗎？」

風間問完，站在斜後方的藤林回答。

「護照上的姓名是詹姆士．傑克森。表面上是來自澳大利亞的觀光客。」

「澳大利亞嗎？真稀奇。」

第三次世界大戰之後，澳大利亞採取的政策是極端限制和外國交流。日本人一般都解釋為「實質上處於鎖國狀態」。

不過，澳大利亞的對外政策和日本在江戶時代採用的鎖國政策，原本就不應該相提並論。澳大利亞在外交上採取孤立政策，但原則上承認出入境自由與貿易自由。雖然禁止非居住者取得有形固定資產，卻沒禁止以收益分配權的形式間接持有。

那麼，為什麼會普遍認為「實質上處於鎖國狀態」？

因為出入境審查與海關審查極度嚴格，完全不允許外國人犯罪的嚴厲態度，也將人資、物資兩方面的交流箝制到實質上禁止的狀態。

許多國家批評澳大利亞的這種立場。但是在別名「二十年世界連續戰爭」的第三次世界大戰中，偽裝成旅客的恐怖分子或是假裝投資的軍事據點建設橫行，這是千真萬確的事實。只要標榜「自衛」這個名目就難以正面反駁。

嚴格的入境審查，也適用於本國國民回國入境。即使是短期旅行，回國時也要接受嚴格的調查。名目是審查，實際卻是偵訊。

不惜如此也想出國旅行的國民不多，結果就是在澳大利亞國外鮮少看得見澳大利亞人。

「委託情報部清查他的身家資料。」

如果是特務員，會刻意使用顯眼的澳大利亞國籍嗎？難免產生這樣的疑問。但如果對方刻意偽裝成澳大利亞人，接下來浮現的問題就是對方這麼做有何目的。

「屬下立刻安排。」

藤林朝風間敬禮，將筆記型終端裝置抱在腋下，離開房間。

一名高大的男性如同取而代之般進入室內。

直到剛才在外面表演華麗武打場面的呂剛虎，回到機場的付費會議室了。

「呂上尉，您辛苦了。」

對呂剛虎說話的是坐在風間正前方的大亞聯軍特務部隊上校——陳祥山。

陳祥山與呂剛虎在橫濱事件落網，被視為實行非法破壞作戰的戰時罪犯而入獄服刑，但在日本與大亞聯盟的談和成立之後，和俘虜同樣獲釋。

正確來說，是進行非官方的戰時罪犯交換。在隱瞞身分的狀態被捕的特務員，原本不會成為交換俘虜的對象，但兩人被當成籌碼，用來救出大亞聯盟囚禁的日本特務員。

「不，要抓的人跑掉了。」

「別在意。是我命令你在那時候收手。要是在這種地方自爆，到頭來可能如那些傢伙所願。」

呂剛虎敬禮表示明白之後，像是保護陳祥山般移動到他背後。

站在風間背後的真田，和呂剛虎的視線交錯。

呂剛虎揚起嘴角露出無懼一切的笑容，真田一臉若無其事不予理會。

「已經跟蹤他們搭乘的計程車，只要還在島上就不會跟丟。」

「勞煩您了。」

風間說完，陳祥山以流利的日語回應。

「以我們的立場，不只是張中尉，也想抓到其他的逃兵。感謝您接受我們無理的要求。」

放任張逃走的背後，是希望放長線釣大魚，由他引出其他同夥。

「也對。我們在這方面也一樣。」

以風間的立場……不，以國防軍的立場，也想將潛入日本的特務員一網打盡。

這方面的利害關係一致，使得他們暫時攜手合作。

關於今後的對應進行數項磨合之後，陳祥山與呂剛虎離開機場。風間的部下也同行，要將他們送抵預先準備的宿舍。這名駕駛也身兼監視的職責。

陳祥山他們前腳剛走，柳少校後腳就進入會議室。剛才暫時離開會議室的藤林也一起回來了。風間、真田、柳、藤林。除了山中，獨立魔裝大隊的幹部齊聚沖繩。

「柳，你怎麼看？」

「布萊德利．張應該是全力戰鬥。呂剛虎看起來還沒拿出真本事。」

柳立刻回答風間這個問題。雖然以推測的形式回答，語氣卻毫不猶豫。即使現場布下鬼門遁甲之陣，柳也在外側觀察呂剛虎與布萊德利．張的戰鬥。

「不是串通套招嗎……」

「逃兵應該不是偽裝，是事實。」

風間回應「這樣啊」點了點頭，以手勢指示所有人坐下。

「看來這次應該不會讓特尉傻眼了。」

「真田少校，這次他不是『特尉』喔。」

藤林規勸半開玩笑的真田，但她說的果然也是一種玩笑話吧。

「對喔。」

因為明白這一點，所以認錯的真田語氣也沒有愧疚的樣子。

「包括對待他的方式在內，作戰都按照預定進行。」

不用說，風間提到的「他」就是「特尉」——達也。在這次的作戰，達也不是以獨立魔裝大隊特務軍官的身分，而是以四葉家魔法師的身分參加。藤林說「他不是特尉」就是這個意思。

不過風間在此再三叮嚀的，是關於和陳祥山部隊的協調。

這個月初，佐伯命令風間和大亞聯盟部隊聯手作戰，當時還沒和達也開會。不過風間在十七日開會的時候，沒告訴達也這件事。

逃兵企圖在日本進行破壞作戰，請協助逮捕。大亞聯軍這個要求沒什麼突兀之處。要是談和協議在這裡破局，頭痛的反倒不是日本，而是大亞聯盟。

大亞聯盟中央政府總是背負分裂的風險，軍隊的統制原本就是最優先事項。要是放任地方部隊的逃兵亂來，恐怕會造成連鎖反應使得叛亂蔓延。以中央政府高官的立場，這可不是只以「想太多」就能帶過的風險。

雖然這麼說，但逃兵或許是幌子，聯手作戰或許是在日本埋下破壞種子的詭計。風間不能忽略這種可能性。如果沒提防這一點，那他絕對不只是單純的好好先生，而是怠忽職守、放棄責任的不及格軍官。

一〇一旅的佐伯少將當然考慮到這種可能性。她派風間首當其衝的時候，已經注意到這或許是大亞聯軍設局暗算。

風間也理解這一點。他獲選接下這個任務，並非單純因為和陳祥山結過樑子，也不是因為和四葉家有交情。是看重「大天狗」風間玄信曾經在中南半島將大亞聯軍玩弄於股掌之間，期待他的部下足以對抗「食人虎」呂剛虎。

「這次要將陳祥山的部隊視為友軍合作。」

觀察直到今天的共同行動。並且聽過柳的報告之後，風間決定「先」相信陳祥山。

「『這次』是吧？」

不過，如同真田以挖苦的語氣復誦，沒人認為這層合作關係可以長長久久。

◇◇◇

三月二十三日，星期六。

結業典禮結束之後，達也帶著深雪與水波，匆忙搭機前往沖繩。

原本今天也想請假，但深雪是學生會長，在結業典禮不能缺席。

或許有人認為可以明天再出發，但二十四日下午就要舉辦沖繩侵略事件受害者的春分追思法會。達也判斷與其當天忙得不可開交，不如稍微趕一點，在前一天就抵達當地會比較輕鬆。

順帶一提，穗香與雫是搭乘二十五日下午的班機到沖繩。雫的父親北山潮搭乘人工島竣工宴會當天的班機，母親紅音與弟弟航也預定和潮搭同一班機。

此外，梓等人的畢業生組，肯定已經在昨天抵達沖繩。

在五年前的飛機上，達也坐狹窄的經濟艙。但這次和深雪一樣是頭等艙。此外水波也沒因為是幫傭就被趕到經濟艙，但當事人水波坐在奢侈的頭等艙似乎不太自在。

三人下榻於機場附近的高級飯店。當年和穗波共度的那座別墅，已經在母親深夜還在世的時候處理掉了。即使依然是司波龍郎名下的不動產，達也應該也不想帶水波住那裡吧。

到飯店登記入住的當天，沒發生值得特別敘述的事。

隔天三月二十四日的春分法會也一樣，葉山已經預先妥善安排，達也與深雪只要按照工作人員的引導，展現四葉家代表應有的言行就好。

深雪身穿黑色系連身裙正裝，取下平常的髮飾挽起頭髮，在與會者之中非常亮眼，但也不是值得特別敘述的事。

法會結束，回到飯店換裝再度外出之後，才是達也他們要面對的重頭戲。

達也他們的飯店在那霸機場不遠處，他們前往的地點在機場旁邊。

國防陸軍那霸基地就在眼前的兩層樓餐廳。

不是沖繩料理的館子，是別名「遺族血統」的前沖繩駐留美軍遺孤的子孫經營的牛排館。

包場的二樓就是達也他們的目的地。

◇　◇　◇

「喔，達也！天啊，好久不見！」

達也進店的同時，一名光頭的黝黑壯漢就叫住他。聲音和他的體格一樣有力，而且很開朗。

「喬。」

以暱稱稱呼對方的達也，語氣隱含小小的驚訝。

「好久不見。話說回來，你怎麼這身打扮？你並沒有退伍吧？」

達也五年前在這裡認識的魔法師軍人檜垣喬瑟夫，身穿印有店家圖樣，用色花俏的圍裙。

「當然是現役軍人喔。前陣子晉階成為中士了。」

「這真是恭喜你了。」

五年前的喬瑟夫是上兵。雖說是因為在沖繩侵略事件立功，但他似乎頗為飛黃騰達。

「我今天休假，穿這樣只是在幫忙。沒領薪水所以不是打工喔。這裡是退伍朋友的店。」

「原來如此。」

五年前，喬瑟夫和同伴們一副地痞流氓的樣子橫行霸道。

在許多人犧牲的那個事件，他們奮勇作戰的英姿，聽說讓世間對於「遺族血統」的偏見減緩許多。看他這副模樣就知道這個傳聞在某種程度是事實。

部分「遺族血統」在那個事件和敵人聯手。國防軍隱瞞這件事，達也等人也答應保密。看到現在的喬瑟夫，達也重新確信這麼做是對的。

「我最近也常聽到你的名字喔。沒想到達也是那個……」

「喬。」

達也打斷喬瑟夫說話的聲音，絕對沒加重語氣。

「啊，糟糕。被制止了。」

不過喬瑟夫因而察覺自己差點說溜嘴。

「你的朋友在二樓等，從那邊的階梯上去吧。」

達也以視線向喬瑟夫回禮，帶著深雪與水波上樓。

達也敲門之後說「我是司波達也」。

隨即傳來解鎖的聲音，真田從室內探頭。

「——歡迎你來。好啦，進來吧。」

真田瞥了水波一眼，大概因為第一次見到她吧。不過達也預先告知水波會一起來。真田肯定沒因為兩人變成三人而嚇到。

被同行者嚇到的是達也。

室內有風間、真田，以及預料之外的人物。

達也維持撲克臉，但深雪不得不捂嘴以免尖叫出聲。

「風間中校、真田少校，這次也請多指教。」

「這邊才要請多指教。」

風間起身回應達也的問候，看向依然坐著的陳祥山。

「在這次的作戰，我們是合作關係。」

風間還沒邀達也坐下就先這麼說，因為他知道在座的這名男性，按照常理不可能在這裡。

正因為是無法套用常理的任務，所以陳祥山在場。

「大亞聯軍的陳上校這次是自己人。麻煩理解這一點並且就坐吧。」

「知道了。深雪。」

「是。我也明白了。」

深雪不是對風見，而是對達也如此回應，然後坐在達也拉開的椅子。

達也向風間客氣說聲「打擾了」，坐在深雪旁邊。

水波就這麼站在深雪的斜後方。

風間朝水波一瞥，但沒有勉強邀她坐下。

「事不宜遲，我說明現在的狀況吧。」

「麻煩您了。」

風間如此開場，達也出言回應。陳祥山依然保持沉默。

「入侵沖繩本島的特務員沒有明顯的動作。雖然請陳上校幫忙挑釁過一次，但對方目前表現得很慎重。」

達也看向陳祥山。

但是陳祥山沒反應。

達也將視線移回風間身上。

「現在確認的敵方勢力是何種程度？」

「在這座沖繩本島有六人。包括兩名日本人與一名澳大利亞人。」

「澳大利亞人？」

「從護照資料來看是這樣沒錯。搭機記錄的出發地點也是雪梨機場。」

「有查出這名澳大利亞人的相關資料嗎？」

「姓名是詹姆士·傑克森。四十歲。職業是記者。」

聽到「記者」兩個字，達也露出稍微接受的表情。派遣特務員入境的時候，記者這個職業是絕佳的偽裝。

「入境的目的是觀光，還帶著十二歲的女兒。」

「真的是他的女兒嗎？」

「這是照片。」

風間將平板型終端裝置交給達也。達也拿到深雪也看得見的位置，專注審視終端裝置的畫面。映在畫面上的靜態圖片是一名留鬍子的男性，以及年約十二、三歲戴草帽的少女。

「這對父女長得不太像。」

「前提在於究竟是否真是父女。」

風間掛著苦笑，回應達也話中有話的感想。

「若是當成障眼法，我就猜不透他為什麼帶著這樣的少女。總不可能用在自爆攻擊吧？」

「前提在於究竟是否真是少女。」

達也不經意的這句話，使得風間稍微睜大雙眼。

「你的意思是她外表和年齡不符？」

「光靠照片無法判定。」

「嗯，我無法否定這個可能性……不過澳大利亞人的情報很難取得。我就注意你點出的這個可能性來處理吧。」

風間對達也的稱呼不是「貴官」，而是「你」。不是把達也當成「大黑龍也特尉」，而是當成「四葉家的司波達也」交談。這大概是因為陳祥山在場吧。陳祥山不知道達也是戰略級魔法師大黑龍也特尉，另一方面卻已在橫濱確認達也與深雪的戰鬥力。

只不過，風間沒對陳祥山隱瞞「司波達也」和軍方的合作關係，基於另一個原因。外國勢力旗下的魔法師對日本進行破壞作戰。十師族的四葉家為了阻止作戰而出動，不只沒什麼好訝異的，甚至還是天經地義。達也是四葉家成員的消息對外公開之後，「大黑龍也特尉」的存在理由堪稱只是為了隱匿戰略級魔法師。

「久米島那邊還沒有動靜。不過破壞特務員的目標，確定是久米島西方外海的人工島。」

風間沒說明如此斷定的根據。

但達也也沒質疑這一點。真夜給他看的指令書也寫到防衛對象是人工島「西果新島」。風間之所以鎖定敵方目標是人工島，達也推測是陳祥山提供的情報。

「有任何新的動靜會立刻連絡，在那之前養精蓄銳吧。」

「知道了。」

達也明白自己的職責。

被世人得知是四葉家成員的他與深雪過於顯眼。今天的追思法會引人注目的原因，不只是深雪的美貌。

四面八方投以那麼火熱的視線，但是包含媒體在內沒人貿然搭話，證明兩人的身分眾所皆知。

「我要說的到此為止。有什麼問題嗎？」

「不，沒什麼特別想問的。」

「這樣啊。接下來有什麼打算？」

「深雪參加完法會好像有點累，所以我想讓她在飯店好好休息。」

達也說完，深雪露出不好意思的表情向風間行禮。

這是避免繼續留在這裡的藉口。這次陳祥山或許是國防軍的合作對象，但以達也與深雪的立場，他並不是兩人想和睦共進晚餐的對象。

「昨天剛從東京抵達吧？會累也是理所當然吧。」

至今保持沉默的真田插嘴這麼說，應該是要幫腔打圓場吧。

「因為藤林也說她累了。」

「說得也是。」

「那麼，藤林中尉正在休息嗎？剛才在法會會場有看到，卻沒機會說話，所以原本想過去打個招呼。」

真田一瞬間露出尷尬表情，原因不只是藤林缺席沒來這裡。

藤林之所以不在這裡，是因為她避免見到達也。但真田不可能說得出這種事。

「嗯，我讓她在基地休息。抱歉了。」

風間只如此回答達也的問題。

「別這麼說。」

達也沒有繼續詢問副官為何離開隊長身邊。

◇　◇　◇

「我說啊，我一起來真的沒問題嗎？」

就在達也和風間見面的同一時間，走在那霸購物中心的一群人之中，一名格外英俊的青年突然這麼說。

「怎麼了，澤木，現在還問這種問題？」

服部傻眼回應澤木這個問題。

「就是說啊，澤木。都已經第三天了吧？」

「話是這麼說，但如果我沒加入就是三對三吧？我一直覺得這樣很不識相。」

「呃……！」

「澤……澤木同學，你在說什麼啊？我和服……服部同學並不是那種關係啦！」

服部啞口無言，後方的梓滿臉通紅，以慌張的語氣連忙解釋。

「正如中条所說，以我個人的立場，不用落得兩對情侶加上一男一女的尷尬狀態，我覺得你幫了大忙。」

服部朝著五十里與花音、還有桐原與紗耶香投以「給我克制一點」的眼神。

五十里穿著模樣花俏的開襟上衣加米色斜紋褲，花音是同款開襟上衣加米色五分裙的情侶裝。

桐原穿素色T恤加白色牛仔褲，紗耶香是同色T恤加白色丹寧七分褲，同樣是情侶裝。

梓與服部不是穿情侶裝。相對於穿著薄夾克的服部，梓是連帽上衣加五分褲的輕便打扮。

確實不想被相提並論吧。

服部的話語與視線，引得兩組情侶發出笑聲。

他們是剛從國立魔法大學附設第一高中畢業的校友們。

五十里與花音、桐原與紗耶香、服部、梓加上澤木共七人，來到沖繩進行畢業旅行。

「澤木同學是看到剛才的司波學弟他們才這麼想吧？」

五十里轉身問。

花音摟著他的左手，但五十里看起來完全不嫌熱。

這兩人毫不掩飾的恩愛模樣，在該學年無人不知。澤木也沒有特別在意。

「我自己沒發現，不過聽你這麼說就覺得沒錯。」

澤木一副「原來如此」的感覺深深點頭。

服部在旁邊吐槽說「這是怎樣」。

「不過，我隱約可以體會澤木同學的心情喔。在追思法會有這種感覺或許不得體，但司波學弟與深雪學妹真的很登對。」

紗耶香的語氣暗藏些許憧憬與羨慕。

「深雪學妹那麼漂亮，男方就算相當英俊也配不上，不過司波學弟的存在感完全不輸她。」

紗耶香感嘆說。

「不過，他們倆看起來實在不像是高中生。」

桐原插嘴消遣。不只是紗耶香，花音、五十里、服部甚至梓都被這句話引得失笑。

「是啊，一點都沒錯。司波學弟的氣派風範尤其令人佩服。不提魔法師或四葉家，所謂的武者應該就是他這樣的男人吧。」

只有澤木一臉正經地點頭。

「……放心，澤木同學也是看起來就給人武士的感覺。」

對於花音這句打岔，澤木同樣露出「是嗎？」的正經表情反應。

如同他們所聊到的，五十里等人觀摩沖繩侵略事件的犧牲者春分追思法會之後，正在街上閒逛。

沒什麼特別的目的。大概是「看到喜歡的飾品就買下來」這種程度。

所以紗耶香注意到那名少女也只是巧合。

「壬生，怎麼了？」

桐原察覺紗耶香的視線，循著她的視線看過去之後疑惑蹙眉。

「……現在這種時代，白人小孩不稀奇吧？」

在紗耶香的視線前方，一名年約十二、三歲的栗髮少女孤單站著。看膚色與五官就知道是白人。

「不是啦。你看不出來？」

「嗯？」

聽到紗耶香這麼說，桐原再度看向少女，這次他犀利瞇細雙眼。

「桐原，怎麼了？」

「……這股氣氛不太和平。」

服部詢問桐原，澤木察覺狀況壓低聲音。

少女站著不動，似乎在等待某人（應該是家長），卻有成年男性在偷看她。

總共四人。而且像是要包圍少女般慢慢接近。

「綁架嗎？」

服部以暗藏輕蔑的語氣說完，踏出腳步要阻止可能的綁架或猥褻行為。
「慢著，服部。這裡由我與桐原處理。」
澤木抓住服部肩膀叫住他。
「我與桐原是近戰型，不擅長遠距離戰鬥。五十里不適合對付人。只有你可以一邊保護女生，一邊在必要的時候發射魔法支援。」
服部一臉「為什麼？」的表情轉身時，澤木如此回應，然後走向少女。
桐原立刻跟過去。這次是紗耶香從後方叫他。
「桐原同學，我也去。」
但紗耶香不是要阻止桐原，是希望一起去。
「慢著，可是……那些傢伙的企圖怎麼看都不和平耶？」
桐原委婉告知「很危險所以別跟來」，紗耶香提出反駁。
「可是，如果只有你與澤木同學接近，不只是那孩子，其他人也會投以異樣眼光喔。」
桐原抗拒般蹙眉。
對方是小學生或剛升上國中的年紀。
這邊即將是大學生。桐原就讀防衛大學，所以不久之後也是特職公務員。
確實，如果自己與澤木對那個女孩搭話，可能會招致這種誤解。桐原不得不承認紗耶香的警告很中肯。

「……好吧。不過別離開我身邊啊。」

「我知道。」

紗耶香認清自己的實力來自於劍，不打算魯莽行事。

桐原轉身確認。正在和五十里一起阻止花音的服部朝他點頭。

桐原與紗耶香加快腳步，追上澤木並肩前進。

桐原與澤木走到少女身旁，慢半拍察覺自己沒好好想過接下來要怎麼做。

兩人都認為應該找她搭話。

但是不知道該說些什麼。

不只如此，就少女看來，這邊是素昧平生的大人。突然搭話被當成可疑人物的該不會是我們吧？兩人至此變得畏縮。

「妳好，我是紗耶香。」

「嗯……您好。我是賈絲。」

到最後，向少女搭話的是紗耶香。「該用英語搭話嗎……畢竟我不會講法語或義語……」紗耶香躊躇之後先以日語搭話，幸好少女聽得懂日語。

「賈絲，妳在等誰嗎？」
「在等爹地……等爸爸。」
少女的日語比我的英語流利多了……紗耶香暗中受到打擊，這是不為人知的祕密。
「這樣啊。爸爸要妳在這裡等嗎？那邊照不到太陽比較陰涼耶？」
「大姊姊是警察嗎？」
「咦？不，沒那回事。」
「這樣啊。方便的話，可以帶我去有警察的地方嗎？我爸好像迷路了。」
迷路的不是自己，是爸爸。
肯定是不想承認自己迷路吧。
如此心想的紗耶香感覺會心一笑。
因此，直到桐原與澤木移動到將她與少女夾在中間的位置，紗耶香才察覺狀況不對。
周圍不知何時變得無人經過。
四名戴墨鏡的男性，如同要包圍她們般接近。
四人的服裝與墨鏡款式都不盡相同。但是身上洋溢的氣息相似到無從以外型掩飾。
不是長相或體型相似，是動作相似。
「四人嗎……」

桐原以幾乎要咂嘴的語氣輕聲說。

人數是這邊多。只算男性也是四對四。

（不過中条先不論魔法實力，讓她戰鬥太勉強了。千代田的魔法在這個距離不能用，連我們都會遭殃。五十里也是，雖說不會波及自己人所以比千代田好一點，卻也大同小異……）

實質上是三對四。

桐原下意識地沒將紗耶香列入參戰成員，如此思考之後感到焦急。

「桐原、壬生，用跑的。」

突然間，澤木將音量壓到紗耶香與桐原勉強聽得到的程度這麼說。

不是討論。是決定，也是強制命令。

「桐原、壬生，去吧！」

「真的假的？壬生！」

桐原一邊咒罵，一邊催促紗耶香。

「賈絲，一起來！」

紗耶香牽起少女。

「ＯＫ。」

說來意外，自稱賈絲的少女毫不猶豫，不慌不忙跟著紗耶香走。

桐原帶頭跑向服部等人所在的方向，紗耶香與賈絲緊跟在後。殿後的是澤木。

戴墨鏡的男性從兩側擋在桐原面前。

「滾開！」

桐原二話不說衝進兩人之間。

墨鏡男性們手無寸鐵。他們空手襲擊桐原。

一人輕輕一跳使出低空跳踢，桐原扭身閃躲。

桐原受到偷襲而停下腳步時，另一名男性擊出右拳。

桐原以右手手刀敲向對方下臂。

正拳被這記直劈擊落的男性，就這麼彎曲右手臂，手肘揮向桐原。

桐原以自己的左手肘撞向對方的右手肘，進入手肘攻擊不到的距離。

男性停止動作的下一秒，桐原自行後退，右手手刀同時朝男性額頭揮下。

對方架起左手擋住桐原的手刀。

傳來像是敲打輪胎的觸感。

桐原就這麼後退，朝著試圖襲擊紗耶香的另一名敵人掃腿牽制。

這名男性沒躲開，而是擋下桐原這一腿。不只是擋下，還將桐原的腿硬推回去。

出乎意料強大的反作用力，使得桐原失去平衡。

但這沒造成致命的破綻。

桐原掃腿的同時，紗耶香從丹寧褲抽出細腰帶。

這條腰帶看起來是毫不實用的時尚配件，然而只要一揮就成為細長的劍。

這是五十里參考千葉家「薄翼蜻蜓」製作的護身武器。雖然不如薄翼蜻蜓鋒利，但就算使用者不特別具備硬化魔法的天分，也能發揮開鋒真劍的攻擊力。由紗耶香這樣精通劍技的人握在手中，就是超越護身等級的武器。

紗耶香帶著這種危險武器，並不是預料到會發生鬥毆事件。

只是偶然。

五十里以薄翼蜻蜓為借鏡，試著製作可隱藏的武器，但他與花音都沒有劍術造詣。

艾莉卡應該可以使用，不過即使是劍術外行人的五十里也知道這武器不適合她。

由於沒多想就設計為女性適用，所以也無法拜託桐原測試。

因此他拜託還算有點交情的紗耶香試用。

紗耶香今天繫這條腰帶是再好不過的巧合，正因如此沒理由不利用。

皮帶之劍經由刻印魔法獲得鋼鐵等級的硬度與韌度，紗耶香以這把劍砍向襲擊的敵人軀體。

雖然不至於一招擊倒，但是這名男性往後退，和桐原與紗耶香拉開距離。

緊接著，爆炸的衝擊與寒氣襲擊男性。

發射常溫壓縮的空氣彈，解除壓縮造成空氣爆發，同時因為絕熱膨脹而造成低溫狀態。這是服部的魔法。出其不意的衝擊與急速低溫，剝奪這名男性的行動能力。

另一方面，舉臂擋住桐原手刀的男性，在踏出腳步準備轉守為攻的時候失去平衡。

梓提心吊膽看著男性的腳底。男性打滑是梓的魔法所造成。

道路材質是排水效率高的多孔混凝土，有無數排水用的微小氣孔。梓將壓縮空氣灌入氣孔，從路面噴出來形成氣墊。

桐原較早失去平衡，所以也較早穩住重心。

桐原再度往前踏，拉近間距，將食指插向男性喉頭——不，是以指尖碰觸。

男性試圖架開桐原的右手。

但是這個動作在中途停止，墨鏡男性如同斷線傀儡無力跪倒。

桐原擅長的「高頻刃」，單純來說就是讓自己摸到的長條狀物體高速振動的魔法。

讓碰觸到的物體振動。

作用對象不限於非生物。

桐原把對方的脖子視為握柄、頭部視為刀身，發動這個振動魔法，造成敵人嚴重腦震盪。

確認對方完全昏迷之後，桐原轉身向後。

他擔心被迫一打二的澤木是否陷入苦戰。

但他白操心了。

一人已經倒在路面。

而且澤木剛好在這時候打倒最後一人。

五十里等七人帶著名為賈絲的少女，進入購物中心的速食店。雖然也有人提議要等警察到場，但澤木堅定主張要立刻離開現場而成為這個結果。

女性成員提到賈絲擅自跑掉可能會讓她的父親擔心，但賈絲自己說「我帶著附ＧＰＳ的行動裝置所以沒問題」消除這份擔憂，成為做出這個決定的關鍵。她最初所說「父親迷路所以請帶我找警察」好像是牽制桐原他們的說詞。

「久等了。」

「不好意思。」

「這種小事沒關係的。」

服部慰勞幫眾人買飲料的花音與五十里，所有人齊聚一桌之後，紗耶香詢問賈絲。

「賈絲，還好嗎？會不會怕？」

「嗯，沒問題。謝謝姊姊們。」

不只是日語說得好，穩重的態度也不像孩童。魔法科高中生都會被說像是小大人，但賈絲更有甚之。

就算這麼說，對方是今天才認識，而且是這邊擅自扯上關係，不方便突然問她今年幾歲。

「剛才那些人的身分，妳心裡有底嗎？」

花音改問這個問題。

「不，沒有。」

賈絲看起來沒隱瞞事情。在場所有人都不認為這麼小的孩子擁有隱瞞事情不為人知的演技。

「這樣啊……我想對方應該不會在這種人多的地方襲擊，不過我們會陪妳到爸爸來接妳，所以放心吧。」

花音剛說完，如同以她這句話為暗號……

「賈絲！」

一個低沉的男性聲音呼叫賈絲。

「有，爹地。」

相較於男性焦急萬分的聲音，少女的語氣平淡。至少沒給人害怕的印象。

「妳突然不見，我擔心死了……請問，各位是？」

推測是賈絲父親的這名男性，以猜疑與警戒畢露的視線看向五十里等人。

「您是賈絲小妹的父親吧？敝姓服部刑部。」

服部代表眾人起身向男性自我介紹。被懷疑是理所當然（至少服部這麼認為），所以內心的不悅沒有強烈到需要克制。

「四名男性要抓走賈絲小妹的時候，我們剛好在場，沒辦法視而不見，所以就帶她到比較多人的地方。」

「原來是這樣……抱歉自我介紹晚了。我是賈絲的父親，叫作詹姆士．傑克森。」

看起來還沒完全消除疑惑，但賈絲的父親以稍微放鬆戒心的表情自我介紹。他的日語不如女兒，但不至於影響對話。不只是服部一個人覺得這種生硬的語氣很假，卻沒人刻意追問。

「我們擊退綁架犯，不過考量到對方可能有同夥，所以優先選擇離開現場。如果可以報警，我們陪兩位一起去吧。」

「不用了，不需要這麼做。」

「這樣啊……原因我們就不刻意過問了，但兩位最好避免去人少的地方。」

「好的，我決定回飯店。謝謝各位剛才救出我的女兒。」

「不，我們只是做該做的事。」

「謝謝。拜拜。」

被父親牽著離開的賈絲轉身揮手。

紗耶香、花音與梓揮手目送。

兩人的身影離開視野之後，服部壓低聲音詢問澤木。

「澤木，為什麼不把那些傢伙扭送警局？」

剛才只把四人打倒就扔著不管，服部對此似乎無法接受。

雖然不到死黨的程度，但是三年來的交情還算不錯，服部很熟悉澤木的個性。此外，澤木肯定不會被區區的綁架犯嚇到，服部對此也抱持疑問。

「我應付的傢伙講中文。」

「什麼？」

「噓～！」

桐原不禁大喊，坐在旁邊的紗耶香連忙勸誡。

「啊，啊啊，抱歉。」

桐原避免正視眾人集中過來的好奇視線，向同桌的眾人道歉。但他沒有因而閉嘴。

「難道……和兩年前一樣？」

用不著說出「大亞聯盟」這個國名，在場所有人都知道桐原在問什麼。

「不能只因為對方講中文就斷定吧？或許是和政府無關的犯罪組織。」

服部的反駁很中肯。

「確實沒錯，但那些傢伙的招式有種軍隊格鬥技的味道。」
不過，沒有根據可以否定澤木這番話。
「討厭，當時那種事件又要發生嗎……？」
說來遺憾，沒人對紗耶香說出的不祥預測一笑置之。

◇◇◇

詹姆士．傑克森說要回到飯店並非謊言。
他剛才說的話語之中，只有這件事是真的。
「強森上尉，剛才的奇怪日語是怎樣？」
賈絲——澳大利亞軍魔法師部隊所屬的賈絲敏．威廉斯上尉，回到客房確認沒有竊聽器之後，以嚴厲的語氣質詢「父親」。
「感覺很像是不熟日本的外國人吧？」
「詹姆士．傑克森」是假名。
這個男性的本名是詹姆士．J．強森。和賈絲敏一樣是澳大利亞軍魔法師部隊的上尉。
「又不是三流諧星，那樣只會引來多餘的注目。實際上那群少年好像就在懷疑了。」

「真的假的？」

詹姆士的回應缺乏嚴肅氣息，賈絲敏嘆了口氣。

「……下次我一定會要求換搭檔。」

「我想上頭不會答應喔。」

賈絲敏嘆了更長的一口氣。

如詹姆士所說，他們並不是最近才開始搭檔。父女的設定也是每次出任務就被迫使用。

賈絲敏．威廉斯上尉是調整體魔法師。她帶著幾乎符合計畫的魔法技能誕生，基因卻出現異常，推測是調整的副作用。

身體不會發育成熟。

她是在二十歲的時候，成為現在——相當於十二歲的外表。而且接下來的九年完全沒發育。是早年衰老症候群（早衰症）的相反形態。

澳大利亞軍沒有著手治療她的基因異常。

擁有少女外表，累積足夠軍事訓練的魔法師。

軍方認為她具備不同於妙齡美女的高度利用價值。

為了發揮這項特長，澳大利亞軍培育她成為潛入作戰的專家。

不過，十二歲孩童的頭銜與外表雖然不會遭人提防，相對的，她的行動也在各種場合受限。

輔助用的「父親」職責就是由詹姆士擔當。兩人至今以「父女」身分搭檔執行各種任務。

如果只是要扮演「父親」，當然不是非詹姆士莫屬。

詹姆士．J．強森上尉身高一八〇公分、體重七十五公斤，褐髮棕眼。以白人男性來說，外表不太引人注目。

雖然這麼說，但如果是這種程度的平凡，令人印象不深的人在澳大利亞軍比比皆是。詹姆士之所以被提拔為賈絲敏的搭檔，是身為戰鬥魔法師的能力受到賞識。

賈絲敏是擅長遠距離廣範圍攻擊的魔法師，不擅長近戰。體格造成的身體性能不佳也是原因。

反觀詹姆士是擅長自我加速魔法的前衛型魔法師，身體也具備更勝於體格的力氣，要抱著賈絲敏從敵人面前逃脫也易如反掌。

一言以蔽之，這兩人的能力相得益彰。加上長年搭檔，也熟知彼此的個性。高層事到如今也不可能答應他們拆夥。

「知道那些傢伙的身分了嗎？」

賈絲敏停止這種沒建設性的抱怨，話題來到剛才想綁架她的那群人。

「大亞聯盟的特務部隊。我們的同類。」

「果然是追捕部隊嗎？究竟是用什麼方法查出我們的底細？」

賈絲敏露出明白的表情點頭之後，疑惑地歪過腦袋。

「這個嘛，應該是日本軍方情報部之類的地方透露的吧？」

詹姆士對她這個問題的回答很乾脆。

「意思是大亞聯軍和日本軍聯手？」

「不然的話，那些傢伙不可能那麼明目張膽地行動。」

「畢竟剛締結談和條約，沒什麼好意外的嗎……」

詹姆士的推理聽起來不像是經過深思，但賈絲敏這樣就接受了。或許她也隱約抱持相同想法。

「因為得展現握手言和的一面，避免新蘇聯或ＵＳＮＡ趁隙而入。」

「雖然不是正規作戰但還是攜手合作，不讓各國特務有機可乘是吧？」

「應該不只這個原因。要是容許反談和派進行破壞作戰，日本與大亞聯盟都會顏面盡失。大亞聯盟應該想親手解決逃兵，日本也不能再讓本國領土發生更多的恐怖攻擊事件，這方面應該多少可以通融吧。」

「和我們的利害關係完全對立了。」

「這也是當然的。因為我們企圖毀掉一項國家重大計畫的起始儀式啊。」

兩人不只是在討論現狀，而是一邊交換意見一邊打包行李。

「這邊完成了。賈絲？」

「這邊也完成了。走吧。」

既然賈絲敏被盯上，這間飯店當然也被鎖定。不用說出口，賈絲敏與詹姆士都這麼認為。反正現在肯定也受到監視。偷偷摸摸走後門離開或光明正大退房都是一樣的結果。為了甩掉跟蹤，兩人決定使用稍微粗暴的手段。

◇◇◇

真夜賦予達也的使命，是阻止以人工島竣工宴會為目標的恐怖攻擊。搜索破壞特務員不在本次任務的範圍。

這件事似乎也告知一〇一旅，所以和風間開會的時候，也只做出「查到破壞作戰特務員的下落就連絡」這個結論。也可能是盡量避免保密至今的戰略級魔法師達也在當前攜手作戰的大亞聯軍面前曝光，所以風間或佐伯少將做出這樣的判斷。

不能以獨立魔裝大隊特務軍官「大黑龍也特尉」的身分行動，所以無法使用包括可動裝甲在內的特殊裝備。雖然有這個壞處，不過對於達也來說，不必和深雪分頭行動是值得慶幸的事。

「先回飯店一趟吧。」

走出和風間密談的牛排館沒多久，達也對深雪這麼說。
「說得也是。我有點累了。」
「要安排計程車嗎？」
達也剛才對風間說接下來要回飯店，這個預定不是謊言。水波在一旁聽到達也重新確認深雪的意願之後，立刻詢問要不要拿出行動終端裝置叫無人計程車。
因為即使就在附近，徒步走回飯店也要十分鐘以上。
「嗯，拜託了。」
「遵命。」
水波從自己的手提包拿出行動終端裝置，連線到無人計程車的派車中心。
但她立刻疑惑蹙眉。
「水波，怎麼了？」
達也看出水波的困惑如此詢問。
「那個……計程車中心沒回應。」
「計程車中心？」
水波點頭。
達也取出自己的終端裝置，指尖在螢幕滑動。

「……只有部分交通運輸服務連不上。」

達也看著終端裝置說話的音量比細語大一點，肯定是要說給深雪與水波聽。

「應該不是軟體障礙。是硬體故障……不對，蓄意破壞嗎？」

深雪臉色變了。水波表情也逐漸僵硬。

「意思是……被恐怖分子搶先一步？」

達也搖頭回應深雪的問題。

「即使阻斷局部的通訊網，也只要切換成備用線路就好。除非和其他的破壞行動，例如縱火或武裝造反之類的作戰一起進行，否則以恐怖攻擊來說毫無意義。」

「啊，連上了。」

水波脫口而出的話語，證明了達也的說法。

「恐怕是為了逃走。不知道是照計畫進行還是且戰且走，但應該是為了甩掉這邊的追蹤才破壞幾座基地台吧。」

軍用的通訊中繼台，是暗中和一般手機通訊網共同設置的，以便在障礙物多的市區順利通話或傳輸大容量的檔案。假設民用基地台的中繼器被破壞，也只要切換成其他中繼點，就算沒有合適的中繼器，軍用通訊機也可以直接使用平流層平台的線路或衛星線路。

破壞中繼基地台的效果，頂多只能暫時擾亂部隊之間的合作，時間也只有一分鐘或更短。

不過，如果逃走方擁有某種不到一分鐘之內就癱瘓追蹤小組的手段，就有機會從包圍網短時間內開啟的小洞逃之夭夭。也就是說，這次的敵人是能夠確實發揮這類些許機會的老手。達也如此推測。

「……破壞特務員難道就在我們附近？」

「應該說曾經在我們附近。畢竟沒看到新的妨害行動，對方很可能已經逃亡。」

達也再度否定深雪的詢問。

「水波，叫計程車吧。目的地是飯店。」

「遵命，達也大人。」

光靠「對方可能是破壞作戰的主謀」這個線索，即使以達也的精靈之眼也不可能查出犯人。現階段的他無能為力。

何況達也這次不必那麼努力。相較於「箱根恐攻事件」那時候，負責對應的人材性質不同。既然是對網路動手腳，真田與藤林應該會找到某些線索。或許已經查出敵人的藏身處。

達也以「適才適所」這四個字將這件事擱置，和深雪、水波坐進停靠過來的無人計程車。

◇　◇　◇

達也的預測部分命中、部分落空。

「澳大利亞特務員辦理退房之後負責追蹤的逮捕部隊全滅。雖然無人死亡，但全部無法行動。」

國防陸軍基地內的某個房間，一個壓抑情緒的聲音如此報告。

在借用為臨時指揮司令室的這個房間，藤林向風間告知作戰失敗。

「全滅嗎……敵方有增援？」

「不，推測是逮捕對象的魔法攻擊所造成。」

風間他們確實抓到破壞特務員的尾巴，卻沒有成功逮到人。

「是什麼樣的攻擊？」

「高濃度臭氧造成的急性中毒。有出現麻痺現象。」

藤林具體報告時，在場的真田一邊看著自己的終端裝置，一邊以自言自語般的語氣插嘴。

「『臭氧循環』嗎？」

「真田？」

「是，非常抱歉。」

真田聽到風間叫他，才慢半拍察覺在長官面前不該是這種態度。

真田連忙起立向風間道歉。

「無妨。不提這個，你說『臭氧循環』？」

「是。產生臭氧的魔法不只一種，但是能在非密閉空間的戶外，讓受過訓練的反恐要員發生臭氧中毒昏倒，很可能是『臭氧循環』。」

「……確實。」

剛才派去逮捕敵人的部隊，在接受反恐訓練的時候，不只是槍械與炸藥，也學會如何對付化學武器。若能預先察覺就不會慘遭毒氣攻擊倒下。應該認定敵人的魔法能讓逮捕部隊還來不及對應就受困在高濃度臭氧之中。

既然是能夠這麼快速產生大量臭氧的魔法，那麼正如真田所說，「臭氧循環」是第一選擇。

「澳大利亞的魔法師使用『臭氧循環』？」

「這不是多麼匪夷所思的事。」

真田否定藤林提出的疑惑。

「臭氧循環」因為是英國的威廉·馬克羅德與德國的卡拉·施米特使用的戰略級魔法而聞名，但原本是分裂前的歐盟因應臭氧層破洞而開始研發的魔法。

依照分裂前的協定，前歐盟各國共享臭氧循環魔法式的相關情報。曾是大英國協一員的澳大利亞軍方魔法師部隊接受情報供給，確實不是匪夷所思的事。

不過反過來說就意味著一件事。自稱詹姆士·傑克森的那名男性，以及對外宣稱是他女兒的那名少女，其中一人或者是雙方都是澳大利亞軍的魔法師。

「藤林，查出那兩人的真實身分了嗎？」

「不，還沒。不過依照想子感應器的記錄，打倒逮捕部隊的魔法，推測是由賈絲敏・傑克森所使用的。」

「是那個少女嗎……」

「或者說是那個擁有少女外型的魔法師。」

藤林這句話引得風間露出疑惑表情。

「意思是她的年齡和外表不符？達也也說過類似的話。」

提到達也的名字，藤林的表情稍微改變。

但風間不知道這是在反映何種情感。

「提供藥物給諜報員抑制第二性徵的實際案例，我想隊長應該也有所耳聞。同樣的，無法否定可能有特務接受過抑制發育的措施。」

關於藤林說出的非人道推測，風間沒什麼意見。

「查出妨礙大亞聯盟部隊的人物身分了嗎？」

他改為詢問這個問題。

「是的。」

這次藤林露出明顯看得出是苦笑的表情。

「是國立魔法大學附設第一高中的畢業生。比達也大一屆，前幾天剛畢業的學長姊。好像是來沖繩畢業旅行的。」

「這麼說來，記得五十里家的長子受邀參加人工島的竣工紀念宴會。這樣的話，當時的妨礙就是巧合……不對，多管閒事嗎？」

風間高明地一邊嘆氣一邊笑。場中沒有繼續討論一高畢業生的事。

「藤林繼續調查特務員的底細，真田搜尋敵方主力部隊。」

「知道了。」

「詹姆士·傑克森與賈絲敏·傑克森的身影已經以高空監視器捕捉，不會讓他們逃走的。」

「很好。」

真田與藤林同時起身，向風間敬禮之後離開房間。

[3]

使用假名「賈絲敏．傑克森」的賈絲敏．威廉斯上尉，以及使用假名「詹姆士．傑克森」的詹姆士．J．強森上尉，是在三月二十四日晚上聽到這個情報。他們擺脫風間部下的追蹤，在英系國際企業出資的海灣飯店和大亞聯盟逃兵部隊的幹部暗中會合。

「四葉的魔法師？」

賈絲敏復誦反問之後，反談和派領袖之一，也是本次破壞作戰主謀的丹尼爾．劉少校點頭回應。

「四葉家下任當家以及未婚夫參加了今天的典禮。」

「你說的典禮，是為五年前戰役的犧牲者舉辦的慰靈祭？」

劉沒出言更正細節，再度點頭。

「魔法師的領導者派代表參加戰死者的紀念儀式，我認為沒什麼好奇怪的。」

詹姆士在賈絲敏旁邊插嘴。

「確實不突兀。」

劉同意詹姆士的說法。

「但我認為不能置之不理。即使他們來到沖繩和我們無關，光是四葉的魔法師在這裡，就可能嚴重妨礙到作戰進行。」

接著，他如此補充說。

「不過，四葉的公主和她的未婚夫，記得還是高中生才對。」

賈絲敏反駁之後，劉這次是搖頭回應。

「在橫濱的作戰，當時是高中生的十文字家現任當家重創我軍。就算是孩子也不能小看。」

劉姑且提醒賈絲敏他們小心行事，卻也不知道達也與深雪的真正價值，不知道兩人是多麼危險的魔法師。

不是沒理解，而是不具備相關知識。

◇◇◇

二〇九七年三月二十五日。

被敵方破壞特務員認定是危險人物的達也與深雪，今天也打起精神勤快進行反恐作戰……這樣的事實不存在。

兩人在飯店度過悠閒的時間。

「偶爾奢侈一點也不錯耶。」

「是啊。」

「但我靜不下來……」

在陽台座位吃早餐的兩名主人交談時，一旁服務的水波戰戰兢兢地反駁。

三人下榻的房間是有兩間寢室的總統套房。這次表面上是出席沖繩侵略事件的犧牲者追思典禮以及夏季慰靈祭的準備會議，他們代表四葉家來進行公務行程。其他十師族沒參加典禮，所以要說他們代表師族會議也不為過。費用當然由本家負擔，加上要展示十師族的權威，所以準備的客房也是頂級的。

他們住的總統套房有兩間雙人房寢室。達也睡一間，深雪與水波睡同一間。達也與深雪都認為水波不需要刻意單獨另外訂房。

不過這間總統套房太豪華，似乎反而讓水波緊張，另一方面也是成為未婚夫妻的電燈泡而畏縮。她好幾次低調要求改住更便宜的客房。

「護衛怎麼可以離開護衛對象？」

但是每次都受到這樣的告誡，不知如何回應。水波心目中的便宜客房都在其他樓層，這樣的話發生狀況時會來不及。

「非常抱歉。」

到最後，這次水波也只能道歉讓步。

「水波也差不多該一起坐了。」

桌上備好餐點與飲料時，深雪溫柔地說。

水波率直回應「是」坐下。她已經學習到，在這種時候反抗也沒用。

水波重泡咖啡，以餐車收走盤子。其實應該交給飯店職員，但水波一副「當成我忍耐住在高級客房的代價」堅持自己來。反正日本沒有給小費的習慣，所以對這裡的職員沒壞處。達也與深雪都這麼心想而默認水波這麼做。

「深雪，消除疲勞了嗎？」

「是的。昨天從傍晚就得以放輕鬆，所以完全沒有倦怠感了。」

「那就好。」

達也以自己的「眼」確認深雪這番話不是逞強，然後溫柔微笑。

深雪難為情地移開目光。

但她似乎為懦弱的自己感到丟臉而眼角泛紅，立刻移回視線。

「今天要不要出個遠門？」

「好的，樂意之至！」

深雪沒問任務要怎麼辦。既然達也願意將時間分給她，她就不可能有異議。深雪不會干涉達也的決定。她從來沒想過做出這種傲慢的行徑。

「水波也一起來吧。」

「知道了。」

剛好回到餐桌旁的水波也毫不猶豫點頭。以她的狀況，到頭來不可能選擇違抗主人的命令。

「到時候要搭船，所以請妳們換上輕便服裝。」

「知道了。方便等我一下嗎？」

「我不會要求趕時間。這段時間我會做好準備，水波也幫深雪整裝吧。」

「遵命。」

深雪與水波回到自己的房間。達也也為了先換好衣服而前往臥室。

◇　◇　◇

抵達港口的達也，帶著深雪與水波搭乘可以在遠洋航行的遊艇。雖說是遊艇，其實輪機部與情報機器就這麼使用軍用快艇的設備，不過光看外表看不出來。

「喲，來啦。」

「喬，今天請多多關照。」

在遊艇上等待達也他們的，是昨天剛重逢的檜垣喬瑟夫中士。

「那個，哥哥……這是？」

昨天意外重逢時只有嚇一跳，但這次終究來不及理解，深雪甚至忘記在外人面前要用「達也大人」這個稱呼來掩飾。

「今天原本預定搭飛機，但是昨晚檜垣中士說可以提供船隻，所以我決定恭敬不如從命。」

達也說明完畢的同時，喬瑟夫即使身穿便服，依然向深雪舉手敬禮。

「在下是檜垣喬瑟夫中士，今天受命擔任各位的護衛。」

他說完放下手，咧嘴露出俏皮的笑容。

「雖說是護衛，但實際上是接待。長官們似乎也不能忽視『四葉』這個名字。就算這麼說，被吹毛求疵就是反效果。啊～不知道會長出什麼樹枝。」

喬瑟夫想說的似乎是「節外生枝」。

「基地高層傷腦筋的時候，風間中校說『本部隊有士官認識四葉家的下任當家』，建議這傢伙以護衛的名義帶你們觀光。換句話說，就是我。」

喬瑟夫朝深雪使眼神。他看起來壯碩兇狠，卻意外地討喜又得體。

「所以我問達也想去哪裡，他說要去石垣島，我就連同船員借了軍用高速艇。雖說是軍用，不過是長官視察用的，所以搭起來保證舒服喔。」

「去石垣島？我不知道您想去這麼遠的地方。」

深雪由衷露出驚訝表情仰望達也。

「因為天氣不好的話就非得中止。我不想讓妳失望。」

「我嚇了一跳……不過，我好開心。」

深雪正如自己所說，朝達也露出開心的笑容。

石垣島距離沖繩約四百公里，搭船要三小時。雖然海象也絕對不算安穩，但船內靜得嚇人，達也等人甚至毫不暈船就在石垣島登陸。

配合他們的抵達，港口已經備好出租車。無微不至的程度使得「接待」這個詞聽起來並不誇張。

「那麼，帶你們逛一圈觀光景點可以嗎？」

「好的，麻煩您了。」

喬瑟夫坐進駕駛座。不愧是知名觀光地點，主要道路對應自動駕駛，但是該系統沒有網羅所有道路，所以需要擁有駕照的司機駕駛。

在沖繩本島長大的喬瑟夫肯定沒什麼機會來石垣島，但依然是抓得到重點、中規中矩的導遊。即使附帶護衛與侍女，深雪依然享受這次和達也的意外約會。

到了太陽西下，差不多該回本島的時間時，達也拜託車子開往知名珍珠飾品的專賣店。

達也請喬瑟夫在門外等，帶著深雪與水波進入店內。

「我是司波達也。」

「恭候各位好久了。」

達也報上姓名之後，店員帶眾人到後方的桌子。

店員的應對顯然接受過來店預約，深雪懷抱著疑惑與期待。

「就是這一副。」

店員先是進入後方深處，然後拿著項鍊用的珠寶盒過來，慎重開啟。

「天啊……！」

盒子裡是漂亮到深雪不禁出聲感嘆的混色珍珠項鍊。

白、黑、金三色珍珠搭配組合，標準長度的漸層色款式。每顆都是正圓形，幾乎看不見自然的瑕疵，顏色的鮮豔度與光澤也無從挑剔，不用專家也知道是高級品。

「可以看一下長度嗎？」

「知道的。」

店員客氣低頭回應達也的要求。「要為您戴上嗎？」店員問深雪。

「那個，是送我的……嗎？」

沒有其他的可能性。即使如此，深雪依然忍不住這麼問達也。

「當然。生日快樂。」

深雪雙手掩嘴。

「戒指就……遲早會給，在不久的將來。這次用項鍊忍一下吧。」

達也一如往常面不改色，不過表情與語氣以外的部分隱約像是不太好意思。

「請別說什麼忍一下！我好開心。達也大人，謝謝您。」

大概是感動至極，深雪雙眼溼潤。只有水波察覺她不是叫「哥哥」，而是自然以「達也大人」稱呼。

◇◇◇

「喬，今天謝謝你。」

「不用客氣啦。畢竟託福我也能悠哉一天。」

喬瑟夫跟著眾人來到飯店門口，然後就這樣搭乘無人計程車離開。

目送他離開的達也，在看不到計程車的同時，抬頭看向對街的大樓。

「哥哥？請問怎麼了？」

察覺達也視線的深雪問。

深雪這句話讓水波動了。她依照達也注視的大樓方向，站在將深雪保護在身後的位置。

「不用慌張。」

即使達也如此安撫，水波也遲遲沒放鬆警戒。

「是……敵人嗎？」

深雪沿著達也的視線看去，也只看見拉上窗簾的窗戶。還以為只有自己沒看見，不過悄悄看向一旁，水波同樣視線游移，證明水波也沒掌握到達也在看什麼。

「大概是受雇的情報販子之類吧。就算逮到也問不出什麼情報。」

不是「應該問不出情報」，也不是「問不出情報才對」。既然達也斷言「問不出情報」，深雪也無法繼續追問或反駁。

達也輕推深雪的背。

在達也催促之下，深雪穿過飯店的旋轉門。

◇　◇　◇

澳大利亞軍的詹姆士．J．強森上尉，在對街大樓的某個房間屏息目送深雪、達也、水波依序進入飯店的背影之後嘆了口氣。想伸手擦拭額頭的時候，才後知後覺發現冷汗溼透掌心。

（緊張……不對，這是害怕？本大爺居然會害怕？）

現在的澳大利亞不只是外交方面消極，海外派兵更加消極。先不提形容為「鎖國」是否妥當，但表面上肯定正在實施孤立政策。沒和其他國家結盟，也完全不參加聯合演習之類的活動。

不過，這並非意味著詹姆士這種軍人沒有實戰機會。

澳大利亞是資源豐富的國家。不只是礦物資源，由於成功阻止沙漠化，也成功將沙漠綠化，如今也是世界鮮少能以自然農業供給足夠糧食的國家。野心勃勃想擴增領土的他國特務機構，總是和澳大利亞展開謀略戰，次數頻繁到堪稱家常便飯。

此外，即使表面上實施孤立政策，也並非完全堅守中立。像這次在祕密的非法作戰中和其他國家武裝組織聯手，絕對不是什麼稀奇的事。

在軍中專門進行特殊任務的詹姆士，是在這種暗鬥最前線活躍至今，身經百戰的戰鬥魔法師。生死一瞬間的經驗不只一兩次。他自負膽量練到不會為大部分的事情所動。

（本大爺……居然害怕那種小鬼？）

不過他自己明白，即使再怎麼想否定，也無法掩飾這個事實。

（不只是察覺我的監視。像是貫穿我的心理堡壘深達心臟，如同死神的那對視線……「不可侵犯之禁忌」並非浪得虛名是嗎？）

大約在三十年前，隨著大漢瓦解開始口耳相傳的警句。

——別對日本的四葉出手。出手就會破滅。

實際上，在詹姆士所屬的黑暗世界，「大亞聯盟被迫以不利的立場和日本談和，就是因為對四葉出手」這個傳聞被認真討論。「焚燒朝鮮半島南端的戰略級魔法或許是四葉家開發的」這樣的聲音也不在少數。

此外，世界最強魔法師部隊呼聲很高的USNA「STARS」對日本出手卻被四葉家擊退——這樣的未確認情報也傳到他耳中。

盡是過於顯赫的事蹟，詹姆士提不起勁照單全收。

這次指揮日本軍隊，和詹姆士他們為敵的人，是在中南半島威名遠播的「大天狗」風間玄信。以他為首的日本軍所屬魔法師擁有高水準的實力。

日本的魔法戰力不只是四葉。當時能夠擊退大亞聯盟的偷襲部隊，全世界首度將飛行元件投入實戰的日本軍方魔法師部隊也是一大助力。

奠定大局的戰略級魔法應該也是日本軍開發的祕密兵器，包含詹姆士在內的澳大利亞軍都有這樣的見解。以「常理」考量，單一民間組織擁有那種力量的話過於強大。因為要是容許這種事，不可能維持國內的勢力平衡。

——就算這樣，四葉也絕對不是能夠輕忽的對手。

——即使是未滿二十歲的學生。

詹姆士重新將這件事刻在心底。

◇　◇　◇

達也為深雪生日準備的不只是禮物。

在兩人所住飯店的高級餐廳享用晚宴全餐（水波很識相地……應該說受不了這種氣氛而婉拒），之後移動到瞭望廳小酌。

兩人當然都是喝無酒精雞尾酒。深雪「一點點就好……」的要求，被達也委婉勸退。他沒忘記在京都飯店應付真由美而吃盡苦頭的經驗。

不只是以話語阻止，達也甚至以「眼」觀察深雪杯中的飲料。他特地使用「精靈之眼」檢查酒精濃度。

所以他可以斷言深雪沒攝取酒精。

「哥哥……我總覺得……」

即使如此，坐在並排沙發的深雪，仰望達也的雙眼火熱溼潤，瞳孔失焦。

深雪穿的晚宴禮服是正統A字裙，裙襬過膝。一般來說坐下來也頂多看得見膝蓋。然而因為沙發很矮坐墊又很軟，她修長的美腿甚至露到膝蓋以上。

幸好以屏風隔間，所以其他客人看不見。但是達也只坐在矮沙發前緣，所以深雪如同雙腿跪坐的坐姿映入眼簾。深雪只是很有教養地坐著，所以達也更是不知道該看哪裡。

「差不多了，回房間吧。」

並非身體不舒服，應該是陶醉於這股氣氛吧。

無論如何，達也判斷回房比較好，起身催促深雪。

深雪乖乖跟著達也。她不是會在這時候耍賴的少女。既然是達也的提議就更不用說。

相對的，深雪將右手滑向達也的左手交纏。

緊貼在達也身旁，以撒嬌的眼神仰望。

兩人還只是兄妹的時候，達也會簡單斥責並且輕輕放手，但他任憑深雪這麼做。因為考慮到兩人的立場，這種行為並不突兀。

深雪也是打著這個算盤吧。即使如此，她依然稍微露出放心的表情，大概是儘管明知幾乎不可能遭拒卻依然有所害怕。

達也就這麼將左手交給深雪，離開瞭望廳。

即將進房時，深雪的右手放開達也的左手。

以若無其事的表情慰勞留守的水波。

達也同樣慰勞水波，在吩咐深雪先洗澡之後進入臥室。

他關上房門，將西裝換成代替睡衣的居家服，坐在寫字桌前面。

就這樣以「眼」檢視今天的「戰果」。

主意識朝向情報體次元。

分枝無數的因果系統樹。直到去年，達也都只能按照順序檢視三次元的視野，不過在調查前幾天的爆炸恐攻事件時，他為了尋找幕後黑手，在情報流反覆來回無數次，因此雖然有所限制，卻獲得俯瞰因果連結串的能力。

在這個俯瞰的視野中，他立刻找到自己放出的情報碎片。

印記沒掉。他著手讀取搜尋對象的情報。

（……詹姆士．傑佛瑞．強森。澳大利亞軍所屬的魔法師。階級是上尉。）

達也正在「看」的情報，是回飯店時監視他們的敵方特務員情報。雖然有一段距離，並沒有清楚看見長相，但他在那時候隱約知道那是白人男性的視線。

達也因而推測可能是前幾天風間所提供照片中的「父女」其中一人，經由情報體次元打上追蹤用的想子印記。

（現在位於久米島東北外海。甚至收買了漁船嗎？）

很遺憾，無法讀取標記人物以外的情報。以印記為線索擴大「視野」的技術，達也還在學習，所以功能不完整。

即使如此，「詹姆士．傑克森」真實身分是「詹姆士．J．強森上尉」的這個情報也很有價值。達也沒低估自己的收穫，從旅行包取出筆記型電腦尺寸的大型終端裝置，將剛才查出的情報加密寄給風間。

達也完成洗澡等各種雜事之後，就只剩下就寢。但他回房時遭遇一個狀況。身穿睡衣的深雪坐在他沒使用過的床邊。

睡衣本身不是透光材質，衣領不深，也沒有解開太多釦子，或是尺寸太大而露出香肩，沒有任何引人遐想的要素。

不過隔著蠶絲般的材質（或許真的是蠶絲）看得出沒穿內衣的酥胸輪廓，達也不經意移開視線。

「……想商量什麼事嗎？」

達也避免看見深雪脖子以下的部分，詢問自己的妹妹兼未婚妻。

「沒有啊？我沒任何困擾啊？」

聽到達也這麼問而納悶的深雪語氣，有種輕飄飄的感覺。

即使從剛才就確認過好幾次，達也依然不禁以「眼」觀察深雪血液裡的酒精濃度。

「……請不要老是這樣『看』我，我會害羞……」

深雪眼角泛紅，以水汪汪的雙眼仰望達也。

「啊，啊啊，抱歉。」

即使是達也，這一幕也免不了令他「稍微」心慌。

如果當事人不是他，應該不只是「稍微」的程度吧。肯定會理性蒸發轉職為狼人，或是精神指數一口氣跌落谷底。

「哥哥，想必您已經要休息了吧？」

不只是語氣，連用詞都有點怪。

果然，肯定是沒喝酒的酒醉。

看到深雪這副模樣，達也只能做出這個結論。

「我是這麼打算的。」

「那麼，請上床。我為您關燈。」

「……拜託了。」

達也領悟到現在不可能將深雪趕出這個房間。

雖然聽不見水聲，但水波肯定還在洗澡。她一離開浴室就會知道深雪在哪裡。

無法避免誤解。達也在如此死心的同時閉上眼睛。

旁邊的床很快就傳來幸福的熟睡呼吸聲，是達也僅有的救贖。

半夜，某個氣息躡手躡腳匆忙離開房間，達也假裝沒察覺。

隔天早晨。

深雪與水波有點尷尬地移開目光，達也向兩人告知今天的行程。

「今天按照預定前往久米島。」

這不是昨天那種驚喜，是一開始就計畫好的。

雖然這麼說，但是和任務沒有直接關係。如果有時間，達也打算直接去看這次要防衛的人工島，不過這始終是「有空就順便」的程度。

今天的主要目的是觀光。昨天的重點是送深雪禮物，今天的主旨則是輕鬆打發時間。

本次任務的成敗基準，是二十八日的人工島竣工紀念宴會能否平安落幕。不過想事先阻止破壞作戰，就得剝奪敵方的作戰能力，因此需要查明敵方主要兵力躲在哪裡。而且搜索是國防軍的工作。在發現敵方主力部隊之前，達也沒有出場的機會。

來到沖繩卻待在飯店不做事，達也也覺得浪費時間。就算這麼說，他也無心外出尋找外國的魔法師，畢竟這不是自己的工作。

因此，達也決定將今天的空閒時間用來度假。

「飛機出發時間是八點半。ＣＡＤ可以直接帶上機。」

這部分也是不必重新確認的事項。

若是具備公務員身分，只要向警方申請，大致都可以獲准帶ＣＡＤ上機。魔法大學或魔法科高中的學生也適用。並不是行使十師族的特權。不過相對的，發生狀況時就有義務提供救助。

「準備好了。之後只要達也大人與深雪大人換好衣服就可出發。」

「辛苦了。」

「先吃早餐吧。」

深雪慰勞水波預先準備的貼心，達也帶頭起身前往飯店內供應早餐的餐廳。

◇◇◇

「達也同學！」

剛走進機場的出境大廳，一旁就有人叫住達也。

「穗香。雫也一起啊。」

叫他的是穗香，雫也在旁邊。

兩人出現在這裡沒嚇到達也。他也聽聞兩人邀深雪旅行，也知道旅行地點與目的和達也這邊的任務重疊。

「嗯，早安。」

熟面孔不只是穗香與雫兩人。

「中条學姊，早安。」

「早安。深雪學妹，你們也要去久米島？」

「是的。」

「前幾天的春分追思法會，我看到你們在受邀來賓之中，所以想說或許會在哪個地方遇見，不過真巧耶。」

「我知道學長姊們要去久米島，所以也想過可能不期而遇。」

深雪花點時間附和梓這番話，然後依序向服部、五十里、花音、桐原、紗耶香、澤木打招呼。

並不是約在這裡見面。但也不是過於意外的巧遇。

達也他們要搭的班機是在上午九點抵達。

如果是在沖繩本島住宿，這個時間出發到久米島觀光剛剛好。

日期相同完全是偶然，但時間相同就某方面來說是必然。

「剛才和光井學妹她們提過，深雪學妹你們要不要也一起？」

達也等三人、穗香與雫兩人、梓等七人，合計十二人聚在一起等待辦理登機手續時，梓如此提議。不用說，她的意思是到了久米島要不要也一起行動。

深雪露出「您意下如何？」的表情仰望達也。

「這樣不錯吧？」

達也不只是點頭，還以梓也聽得到的音量清楚告知。

深雪向達也回應「好的」，視線移回梓。

「請學姊多多關照。」

深雪恭敬行禮。服部或五十里還沒答應，達也等人就確定共同行動。

抵達久米島的一高學生與校友一行人達成共識，先搭乘雫安排的玻璃船環島一圈。依照當初的計畫，雫她們也預定和其他遊客一起搭船，但因為人數增加而緊急決定包船。

從那霸機場出發之前委託，抵達久米島的時候就安排妥當。或許該說真不愧是日本首屈一指的大富豪北山家。

從機場到兼城港的直線距離約五公里。

一行人租腳踏車騎到港口，等待一段時間之後上船。

「哇！」

「這真棒……」

花音在船內歡呼，梓不禁感嘆。兩人的驚訝也不算誇張吧。

北山家為雫包下的這艘玻璃船是半潛水艇型，側邊也設置可以觀賞海中樣貌的窗子。

不過在這艘船上，「窗子」這樣的形容應該不太恰當。這艘玻璃船在吃水線以下的側邊，除了船頭與船尾幾乎都是透明的。底板也除了一小部分全都透明。從船艙看見的景色真的是海中全景。

不只是海中，在甲板眺望的景色也美妙無比。地形多變，有潔白的沙灘，也有矗立奇岩的高崖。一高學生與校友們在船裡跑上跑下停不下來。

船從久米島南端朝東北東方向航行，停在最知名景點——無人島「盡頭沙灘」的外海。

「這是在做什麼？」

「這艘船吃水很深，所以正在組裝登陸用的橡皮艇吧？」

正如五十里對花音這個疑問的回答，船員正在甲板為橡皮艇充氣，安裝船外機。

橡皮艇是六人座，共兩艘。看體積或是船外機的馬力，都需要擁有動力小船駕照的船員共乘。

「達也同學，你有吧？」

「動力小船駕照？我有喔。」

「啊，我也有。」

達也點頭回應雫的詢問，五十里也接著舉手，所以十二人可以一趟就全部上島。此外在這群成員當中，水波和達也一樣有二級與特殊小船（水上摩托車用）駕照，服部有特殊小船駕照。

達也、深雪、水波、穗香、雫、澤木。

五十里、花音、服部、梓、桐原、紗耶香。

十二人以這樣的分組，在珊瑚沙堆積而成的雪白沙洲登陸。

達也這邊的小船由澤木先下船，再協助深雪與雫下船。

「達也大人，船由我來顧。」

達也檢查船外機穩固無誤之後，水波這麼說。

「那麼，拜託了。」

「請交給我。」

達也沒多費唇舌詢問意願，交給水波留守。

來到這裡的除了她以外都是學長姊，硬是要她一起來也只會傷神吧。不如讓她獨自在這裡等，她自己也可以放輕鬆。達也如此判斷。

「那麼，另一艘由我看著。」

達也接在穗香後面下船之後，澤木對他這麼說，而且不等達也回應就走向旁邊的船。

另一邊傳來梓「我和服部同學不是那樣！」的慌張聲音，但達也認為自己不該介入這件事，所以沒插嘴。

現在不是在意旁人的場合。

等達也下船的穗香，突然脫掉上衣。

前扣短袖束腰上衣底下，是比基尼加熱褲的兩件式泳裝。由於身材得天獨厚，加上平常束在兩側垂肩的頭髮高高挽起，看起來相當成熟又性感。

雖說這裡是亞熱帶的久米島，但現在還是三月，穿泳裝有點早。其他享受海水浴或下海浮潛的觀光客，雖然不是完全沒人穿泳裝，卻也只是零星可見。

不只是同行者，穗香大膽的泳裝外型也吸引其他觀光客的目光。

「達也同學，要不要和我一起去另一邊看看？」

但是穗香（表面上）完全無視於集中在自己身上的下流視線，抱住達也手臂。

大概是故意的，胸部用力貼上去。

過於大膽的這個行為，使得深雪睜大雙眼。

之所以不到柳眉倒豎的程度，應該是因為目瞪口呆吧。

穗香乘機想拉走達也。

達也同樣被她反常的強硬做法嚇到。只不過，他之所以沒掙脫穗香的手，不是因為過於困惑而沒能掌握狀況。

是因為擔憂。

穗香平常就洋溢著「破釜沉舟」的拚命氣息。而且這個印象在今天特別強烈。

挽住手臂仰望達也的臉上，「裝出」俏皮刁鑽的笑容。

是的，輕易就看得出她是「裝」出來的。

達也在穗香看向前方的瞬間，將目光投向深雪。對於達也來說，他將穗香視為重要的「朋友」，卻不是不惜惹深雪不高興也要關心的對象。

但深雪似乎也感覺穗香和平常不同，回以達也的視線不是嫉妒，而是對穗香的關懷。或許是昨天的禮物（不只是實際的物品）讓內心更加從容，深雪看起來沒有責備達也。

穗香過於大膽的這個行動背後，當然是有原因的。

——穗香與雫是在三月二十五日來到沖繩，也就是昨天的事。而且在出發前一天，穗香難得和雫分頭行動，和艾咪與昴前往市中心的時尚據點購物。

穗香與雫並不是吵架。

雫是魔法師的種子，同時也是「千金小姐」。為了習得「千金小姐」必備的教養，她除了學校課程還要學許多才藝。

在長期旅行的前後，必須消化這段期間的「課程」，所以雫比平常更忙。基於這個原因，雫在旅行之前無法脫身。

艾咪邀穗香「到熱鬧的地方閒逛」。

穗香平常不會去人多的地方。

不過這是因為雫不擅長面對喧囂，穗香自己不討厭熱鬧。對於穗香來說，她反而喜歡同年紀年輕人散發的能量。

換個說法，穗香想要久違地享受上街遊玩的樂趣，因為只有雫不方便的時候才能這樣玩。目的是逛街以及到處吃東西，所以艾咪與昴沒特別要看什麼商品。不過穗香想趁這個難得的機會買個東西。

「其實，我明天要去沖繩。」

穗香在速食店打開話匣子。

「咦，是嗎？」

艾咪在驚訝的同時，看向穗香的眼神完全沒掩飾「羨慕」的心情。

「我知道喔。是要參加久米島人工島的宴會吧？所以呢？」

昴展現消息靈通的一面，然後催促穗香說下去。

「我想買在沖繩穿的衣服……」

「宴會禮服？」

穗香搖頭回應艾咪的詢問。

「穿給司波同學看的衣服嗎……」

穗香沒肯定也沒否定昴這句推理。不過她害羞不發一語，在這個場合等同於肯定。

「原來如此，所以想要我們的建議對吧！」

艾咪一副「謎底解開了！」的氣勢斷定。

這句話沒錯。

「……妳們認為要挑哪種衣服？」

穗香戰戰兢兢徵詢兩人的意見。

「就挑泳裝吧。以穗香的本錢，上半身挑比基尼。」

昴對這個問題的回答非常乾脆。

「咦咦？」

穗香狼狽驚呼。如果嘴裡含著飲料，大概會噴出來吧。

「啊，感覺很搭。就這麼決定吧。不過就算是沖繩，現在也還會冷吧？」

艾咪不負責任，或者說置身事外，想將話題帶往定案的方向。

「並不是真的要下水。冷的話就在塗防曬油的時候一起塗防寒乳霜吧。」

「昴，妳好聰明喔～」

艾咪稱讚之後，昴一臉洋洋得意地看向她。

「等一下啦！」

此時穗香慌張提出異議。

「只有我穿泳裝，這有點……」

「是去久米島吧？既然這樣，就算不游泳也會去海灘吧？」

「……應該會。」

「既然這樣，穿泳裝也不奇怪喔。只有妳穿，所以更能表現自己吧？」

「我會害羞啦！」

穗香一副快要拍桌的反應，昴投以冰冷的視線。

「穗香。」

昴以和眼神相稱的聲音，叫著受驚的穗香。

「我說穗香，妳真的想從深雪那裡搶走司波同學嗎？」

語氣出乎意料地正經，不只是穗香，連艾咪也語塞。

「啊啊，這種問法有點壞心眼。我知道妳真的喜歡司波同學。我想問的是，妳真的想贏深雪嗎？」

「這……」

不知為何，穗香說不出後面應該接的「那當然」三個字。

「我想妳應該比我清楚得多，不過正面對決是贏不了深雪的。」

「……我知道。」

將嚴苛現實擺在眼前的話語。這是在所有領域都無法斷言是正確解答的「現實」，但是在爭奪達也內心的重要「戰場」就正確得毋庸置疑。

「妳和深雪是大同小異的類型。專情、認真，願意犧牲奉獻，雖然偶爾有失控的傾向，但基本上慎重行事。」

穗香完全無法回嘴。昴說的針針見血。

「和領先的對手使用相同的方式進攻，應該無法縮小差距吧？」

回嘴的不是穗香，是艾咪。

「既然這樣，昴認為該怎麼做？」

「不是我該怎麼做，是穗香該怎麼做。我認為要換個方式。」

「具體來說呢？」

「首先要改變形象。穗香身材很好，所以要當成武器發揮到極限。應該走性感路線。」

「嗯嗯。」

此時點頭的也是艾咪。穗香嘴巴一開一闔，卻沒發出聲音。

「然後做一些深雪應該不會做的事情就好。例如只有自己大膽換上泳裝，將胸部貼上去。」

「辦不到啦！」

穗香終於發出短促的哀號。但昴與艾咪都只朝穗香一瞥，換句話說就是將當事人晾在旁邊，繼續進行「作戰會議」。

「做這種事，司波同學不會嚇壞嗎？」

「怎麼可能。那個男的哪會這麼可愛？」

「啊～哎，說得也是。」

「何況這樣下去，幾乎確定穗香會輸。現在不是害怕風險的時候。對吧，穗香？」

「唔，嗯……」

話鋒突然朝向自己，穗香像是被震懾般點頭。

「好。」

昴說完起身。不只如此，還拉著穗香讓她站起來。

「咦？」

「既然決定了，那麼趕緊去挑泳裝吧。」

艾咪如同呼應這個意見，也將杯子放在托盤上起身。

「必須豁出去挑大膽的款式。」

「咦？咦？」

昴拉著穗香走出速食店。艾咪將杯子放到回收台，快步追上兩人——

經過這一幕，穗香以小惡魔的面具藏起羞恥心，持續對達也積極表現。

深雪跑到達也身旁。大概是終於拋開迷惘，或是重新認定現在畢業生們都看在眼裡，要是被解釋成她允許達也花心的話不太妙。

即使如此，穗香依然抱著達也的手臂不放。

穗香黏著達也撒嬌的這一幕，並不是只有相同沙洲上的觀光客看見。

從旁邊的沙洲「長野沙灘」看向「盡頭沙灘」的中年男性，熟練地操作著和輕便衣著不符的笨重行動終端裝置。

達也的知覺捕捉到這一對視線，但因為和其他旁觀遊客的視線沒什麼不同，所以並未特別注意。

◇　◇　◇

即使回到玻璃船，穗香依然繼續積極表現。雖然終究穿上束腰上衣，卻解開上面三顆釦子露出上半截泳裝。

幸好船上沒人認為穗香的衣著「不檢點」而蹙眉。不過畢業生們和這邊保持距離，這部分只能認定是逼不得已而死心。

對此，花音與紗耶香以視線責備達也，也是在所難免吧。她們也知道達也並不是劈腿，不過因為戀情沒能開花結果而留下難受回憶的是女方——也就是穗香。兩人同樣站在少女的立場，被投以嚴厲目光的達也只能認命。

出招誘惑的穗香、牽制的深雪，以及投以批判視線的花音與紗耶香。

達也承受此等壓力，卻還是率先察覺異狀。

「穗香，方便離開一下嗎？」

「達也同學？」

達也的音調突然改變，穗香不知所措。達也沒回答穗香無言的疑問，離開前往操舵室。

服部從達也的樣子察覺某種非比尋常的徵兆，追了過去。澤木與桐原隨後跟上。

這三人聽到達也告知緊急事態發生的話語。

「船長，前方五百公尺的海底附近，肯定可以偵測到艦影。」

「你說什麼？」

在達也的背後，澤木、桐原與服部神情緊張地相視，船長在操舵室裡命令船員朝前方海底使用聲納。

「有了！推測全長八十公尺，應該是一般型潛艦！」

「為什麼這種東西會在這裡？」

五十里晚一步前來，黏在他身後的花音發出哀號。

「不是國防軍的嗎？」

澤木提出疑問。但其實他自己也認為這個可能性幾乎是零。

「如果是國防軍的潛艦就沒問題。應該考慮不是的狀況想辦法應對！」

然後服部回答這種假設是白費力氣。

「掉頭！右滿舵！」

船長的想法正和服部相同，即刻採取應對措施。

船依照指示，開始往右側描繪弧線。

大概是知道自己的動靜被察覺，可疑潛艦也從停機狀態開始行動。光是這樣，潛艦屬於國防軍的可能性就消失了。

「確認注水聲！可疑潛艦似乎準備發射魚雷！」

聲納員發出哀號。

「聽到發射管的注水聲嗎，看來是舊型艦。」

「現在是講這種話的場合嗎？」

達也溫吞地（或者說無懼一切地）低語，服部咄咄逼人。

達也沒回應服部的責難。

「水波。」

他呼叫不知何時站在三名畢業生身後的水波。

「是，達也大人。」

即使在這種場合，水波的回應依然一如往常鎮靜。

「準備反物資護壁。設置位置是船頭前方三十公尺。大小是各魚雷前方半徑十公尺。嚴禁擋住航行路線。做得到吧？」

「請交給我。」

水波以不慌不忙又透露自信的語氣，接受達也的要求。

「魚雷來了！」

兩條白色的航跡逐漸加速，轉瞬間接近過來。

這邊還在掉頭，無法躲避魚雷。

「水波。」

「是。」

水波操作手上已經準備好的行動終端裝置造型ＣＡＤ。

以魔法知覺發現水中出現反物資護壁的人，不只是達也。

水柱噴發。

但是，衝擊並未迎面而來。

不只是因為水波的反物資護壁將爆發完全反彈，到頭來，魚雷本身並不是用來破壞物體。

「發泡魚雷。目的是牽制嗎？」

達也這句話與其說是自言自語，更傾向於對服部他們解說。

水波解除護壁，海面擴散的泡泡緩緩飄近。

「交給我處理。」

五十里操作ＣＡＤ，大幅揮動右手。

海面的泡泡如同以雨刷擦拭般消除。

「接下來恐怕是駕駛魚雷艇襲擊。」

「第二波，接近！」

如同蓋過達也的預測，聲納員的叫喊傳入耳中。

「這是回禮！」

魚雷（外型的某種東西）畫出四條航跡接近，服部的魔法發威了。

海中產生氣泡包覆四根魚雷。不只是螺旋槳無法發揮推進力，前進的慣性也被泡泡抵銷，魚雷進退不得。

魚雷艇的背面中段大幅開啟。

每艘魚雷艇各跳出一名男性。他們穿著像是潛水裝的戰鬥服。

「交給我吧！」

澤木朝甲板猛蹬，衝向從海面往上跳的男性。

他跳得比對方還高，銳角改變軌道俯衝。

澤木這一腳，將敵人踢落海中。

不是飛行魔法。是操作方向的空中機動。

澤木以空氣為踏腳處再度往上跳，擊墜另一人。

剩下的兩名敵人上了玻璃船。

「不是交給你就好嗎？」

一反這句話的內容，桐原的語氣聽起來很愉快。

「我來釣個痛快！」

隨著這句來勁的嘶吼，桐原架起手上的釣竿打向敵人。

敵方男性舉臂承受桐原的攻擊。不對，是在手臂前方展開反物資護壁，防禦桐原的高頻刃。

「歐拉歐拉歐拉！哈哈哈！」

但是桐原的攻擊還沒結束。和高頻刃並用的自毀防止術式，使得釣竿化為強韌的武器，展開劍雨般的攻勢。

桐原一邊放聲大笑一邊攻擊對手的模樣彷彿狂戰士，怎麼看都覺得他才是壞蛋。

入侵者終於招架不住，噴出血花倒下。桐原終究也沒忘我到將對方砍成兩半，傷口都未見骨。但肯定依然造成重傷就是了。

最後一人並非默默看著同伴被砍。敵方同伴跟不上連續攻擊只能防禦時，他槍口指向桐原想支援。

但他沒能扣下扳機。

無數碎石從背後襲擊，把這名男性打趴在甲板。

碎石的真面目是從海水製造的冰。是服部的魔法。

服部的拿手術式，多數和真由美使用的魔法相似。這不是偶然，是證明服部至今多麼仔細觀察真由美，但他不只是模仿真由美的魔法，而是充分消化為己用。

「這些傢伙是？」

回到船上的澤木，低頭看著服部與桐原打倒的兩名男性，隨口這麼問。

「海盜……應該說是海裡的海盜吧。」

回答他的是達也。

他將服部打倒的海盜拍照紀錄，然後蹲在海盜旁邊，雙手抓住像是潛水裝的戰鬥服腰帶，起身順勢將海盜扔進大海。

「喂！」

達也不理會慌張的服部，同樣將另一個被桐原砍得遍體鱗傷還在流血的男性拍照紀錄，然後抓住他的腳拖到甲板邊緣。

「只要這兩個傢伙落入我們手中，海盜會一直死纏不休襲擊我們吧。」

「會來搶人嗎？」

「或者是將我們連人帶船擊沉，以免真實身分曝光。」

達也不看服部如此回答，將他抓著腳拖行的海盜從船邊扔下去。

「這麼一來，可以趁海盜回收同伴的時候拖延時間。我們乘機逃走吧。」

最後那句話是對前來確認狀況的船長說的。

「知道了。」

船長即使臉色鐵青，依然為了對部下下令而快步回到操舵室。

「……你這傢伙真恐怖啊。」

達也朝發抖的桐原聳了聳肩。

◇◇◇

正如達也的預測，潛艦沒有繼續追第一高中學生與校友一行人。

與其說是達也的推理能力優秀，不如說差別在於是否知道隱情。

達也（以及深雪與水波）知道潛艦的「海盜」是大亞聯盟逃兵與澳大利亞軍特務員的聯合部隊。這對於澳大利亞來說尤其是不能曝光的事實，在襲擊真正的目標——人工島之前，非得盡全力隱瞞人員身分。只要知道這個內幕，就不難預測潛艦的行動。

這艘潛艦內部，現在充滿險惡的氣氛。

「所以我才忠告不應該白費工夫出手。」

澳大利亞軍魔法師部隊所屬的特務員——詹姆士・J・強森上尉，以酸溜溜的語氣責備大亞聯盟逃兵集團的領袖——丹尼爾・劉少校。

詹姆士的搭檔賈絲敏·威廉斯上尉沒搭乘這艘潛艦。不是因為女性禁止登艦，是因為賈絲敏的外貌特徵，對澳大利亞軍的特殊任務是重要的武器。

引誘敵方大意的十二、三歲容貌、成年人的經驗與判斷力，以及高超的魔法技能。對她來說，隱藏真面目所獲得的優勢，比其他特務員更大。

這次的聯合作戰也是，在大亞聯盟逃兵這邊，只有丹尼爾·劉知道賈絲敏的長相。在潛艦上無法避免和其他官兵接觸，所以賈絲敏不能搭乘。

基於這個原因，賈絲敏現在和詹姆士上尉分頭行動。

「就算是高中生也不能小覷。劉少校，貴官說過這句話吧？」

這次受傷的只有大亞聯軍逃兵。乍看之下，強森似乎不必為這種事感到不耐煩，但是引發無謂的騷動肯定會讓日方加強警戒，他對此非常生氣。

「所以，接下來要怎麼做？」

大概是發洩情緒之後暫時冷靜下來，強森詢問劉今後的計畫。

「作戰目標集中在二十八號的宴會。」

劉回答的語氣結結巴巴。

這次對達也等人搭乘的玻璃船出手，是劉的親信主導的作戰。逮捕四葉家的魔法師，最少也要讓他們受傷，以致無法干涉二十八日的作戰。

同時抓走北山家的女兒，偽裝成謀財的綁架案件，引導敵方人員進行搜索。

和北山家女兒同行的魔法大學、防衛大學新鮮人也列入綁票名單，讓對方誤以為這邊的真實身分是普通海盜。

老實說，劉自己不太想執行這個作戰。

但也沒有明確反對。

強森則是斷然反對。

這個作戰的結果是毫無收穫，其中一名戰鬥員傷重到無法回歸戰線，潛艦這個隱藏的王牌也被對方得知。雖說不可能繼續進行這個作戰，不過在這時候承認這一點，就等於承認當初強森是對的，己方是錯的。

簡單來說就是出糗丟臉了。對於劉這樣的人來說，這本來是難以承受的事。

劉反對和日本談和，原本也是面子問題。國內政治體制動搖、國際地位下降、海底礦山淪陷。即使編了各式各樣的理由，追根究柢依然是無法忍受自己國家屈服於日本這種小國的情緒性問題。

「我認為這是妥當的決定。」

強森顧慮到禮儀的這種說法，現在聽起來也像是瞧不起人。

「但我不懂。」

劉為了掩飾心情而改變話題。

「對方為什麼察覺我們的存在？」

「……因為使用了主動聲納吧？」

對於劉提出的疑問，強森回答得很隨便。

「應該是這樣沒錯。不過民用客船或遊覽船的主動聲納，是用在可能妨礙航行的淺層海面，原本不會偵測到沉在海底附近的本艦。」

劉說到這裡停頓，確認強森是否理解他在說什麼。

漠不關心的薄紗從強森雙眼消除。

「彼此距離還有五百公尺遠。除非預測本艦座標鎖定，否則民用船的聲納肯定偵測不到。」

「……這也是四葉的魔法嗎？」

強森的聲音帶著恐懼。能夠讓他緊張起來，劉也消了一些怨氣。

◇◇◇

是四葉的魔法事先察覺潛艦襲擊嗎？

詹姆士・J・強森的推理一半是對的，一半是錯的。

達也與深雪、水波回到沖繩本島的飯店。

雫與穗香從今天改住久米島的飯店。

梓他們也換到同一間飯店。依照當初的計畫，預定是從沖繩本島的飯店前往宴會會場，不過聽雫說訂得到房間，就改成輕鬆的方案。

雫也同樣邀達也他們換飯店。不過達也與深雪在本島還有一些表面上的工作要做，所以在如此告知之後，和其他成員在機場道別。

現在，達也在飯店的房間裡，檢查先前用來追蹤強森上尉的印記是否還有效。

昨天循著偷窺視線射中的想子彈逐漸耗損，卻依然維持足夠的強度。不過達也為了以防萬一，透過情報體次元射出新的想子彈，將舊的印記分解消除。

澳大利亞軍的魔法師似乎還沒察覺他動的手腳。就剛才的襲擊來看，即使知道也沒有反過來利用的徵兆。

達也能察覺大亞聯盟逃兵部隊偽裝成海中海盜的襲擊，不是因為發現潛艦，是因為強森上尉的印記在久米島東海域起反應而鎖定座標。

強森不知道自己脖子繫了鈴鐺。對他來說，精靈之眼的監視是未知技術，所以無從得知。

被抓住尾巴的不是大亞聯盟逃兵部隊，是澳大利亞軍。

Curiosity killed the cat.

好奇心會殺死貓。

強森是基於任務而監視達也與深雪，解釋為「好奇心」的話有語病。但他身陷的狀況正如這句諺語所說。

澳大利亞軍特務部隊不是被四葉的魔法，而是被達也的魔法掌握動向。

隔天的三月二十七日，預定參加夏季慰靈祭的準備會議。

表面上的工作在這一天結束。再來只要接受北山家的邀請，出席明天的「西果新島」竣工紀念宴會就好，但達也的工作當然不只這些。

反倒從今天開始才是重頭戲。

「達也，怎麼了？現在不是正在開慰靈祭的會嗎？」

達也突然去找風間，迎接的是藤林。

藤林對達也的態度，看起來從一月至今都沒變。

不過即使突然來訪，從基地大門來到房間的時間，也足以完成心理武裝。達也不知道藤林對他的想法是否真的和以前一樣。

達也不想硬是確認清楚。

藤林怎麼想都無妨——達也並不這麼認為。藤林是寶貴的幫手。是否能利用「電子魔女」的能力，會大幅影響選項範圍。

可以的話，達也希望和藤林維持友好關係。

至於要不要為此特別做一些事情討好她，達也不打算做到這種程度。

總歸來說，既然藤林裝作一如往常，達也也只要順水推舟演下去。

「本家派人來支援，所以那邊就交給深雪了。」

其實在昨天晚上，本家輔佐葉山的白川管家就來到沖繩支援他們的工作。

老實說，出席慰靈祭的準備會議只是湊人數。性質上不需要什麼特別的協商。

但是至今未曾以「四葉繼承人」的身分正式亮相的深雪，雖說並非公開，卻以「四葉家下任當家」的頭銜參加會議。

對四葉家抱持惡意的人，或是想利用四葉家的人，可能會冷不防地刁難深雪。因為擔心這種事，所以達也也姑且打算參加這場掛名會議。

不過，既然白川管家陪在深雪身旁，達也就不需要同席。身為葉山輔佐發揮紮實手腕的白川，肯定能應付得比達也還好。因為今天的潛在威脅不是魔法力，也不是蠻力，而是三寸不爛之舌。

真夜也是考量到這一點而派遣白川吧。達也率直接受這份善意。

即使知道這是「既然支援你了，就給我好好完成自己的職責吧」的壓力也一樣。

「這樣啊。所以你帶了什麼樣的線索過來？」

藤林不是當真這麼問。她認為即使是達也，也不會這麼碰巧能夠接觸敵人。這句話就像是開個小玩笑。

「可以協助擊沉破壞特務員的潛艦嗎？這是目標潛艦的推定現在位置。」

所以藤林延遲了一小段時間，才聽懂達也的回應。

「……我去叫隊長，請稍等。」

藤林將面對晚輩朋友的態度，切換成面對有力魔法師一族本家成員的態度，接過達也遞出的資料卡，移動到隔壁房間。

◇◇◇

等待時間比預料的久。不過達也看到藤林找來的陣容，立刻知道為何要等這麼久。

風間、真田與柳等三名獨立魔裝大隊幹部。

除了他們，還加上陳祥山，甚至呂剛虎也參與作戰討論。

達也和呂剛虎只在八王子特殊鑑別所打過照面。在橫濱事變之前，為了解決成為大亞聯盟黨羽的闕本勳，呂剛虎襲擊特殊鑑別所。

當時擊退呂剛虎的是真由美與摩利，達也只在呂剛虎要襲擊真由美的時候出手阻止。給予呂剛虎最後一擊（不過沒下殺手）的是摩利。

爆發橫濱事變時，在橫濱灣岸高塔前方迎擊呂剛虎的成員也不包含達也。基於這層意義，達也和呂剛虎之間可說沒什麼直接的過節。

雖然這麼說，但一年半前的陳祥山與呂剛虎，確實對達也與他身邊動了不少手腳。那時候的陳祥山與呂剛虎明確是達也的敵人。

不過，達也現在毫無敵意（當然也沒有善意）面對兩人。他的冰冷態度，反倒令呂剛虎感到困惑的樣子。

但陳祥山終究沒被雜念影響。

「請容我稱呼您司波閣下。」

「上校閣下，請自便。」

達也與陳祥山的問候僅止於此。

「聽說這場會議要討論擊沉敵方特務員潛艦的作戰，不過特務員確實躲在那艘潛艦嗎？」

陳祥山立刻讓話題進入正題。

從他口中說出「敵方特務員」這個詞，達也覺得很諷刺，卻沒有刻意擾亂氣氛。

「貴國逃兵以及和逃兵共同行動的澳大利亞軍魔法師，確實一起搭乘那艘潛艦。」

「想必我不能問您是怎麼知道的吧？」

「無可奉告。」

達也出言明確拒絕回答，沒人繼續追問。

「該潛艦不是貴國，也不是我國的潛艦。為求謹慎，我問過維持外交管道的各國，但是都沒回應說是他們國家的潛艦。」

風間如同要填補沉默般代為說明。

「也問過澳大利亞嗎？」

「嗯。不過，他們不可能老實回答就是了。」

風間露出苦笑，點頭回應陳祥山這個問題。

陳祥山說聲「確實沒錯」，同樣露出苦笑。

但兩人立刻回復為嚴肅表情。

「即使嫌疑極高，但該潛艦現在位於公海，不能明目張膽地擊沉。」

風間看向達也。

「要不要用遠距離魔法擊沉？」

達也若無其事地回答。

「四葉的魔法嗎？」

陳祥山詢問達也。

「是的。」

這次達也沒拒絕回答。

「很感謝你這樣提議，但我想把這種做法當成作戰不順利時的備案。」

風間說到這裡，以視線催促坐在旁邊的真田發言。

「依照司波同學提供的海圖資料，我們也掌握該潛艦的現在位置了。」

真田使用「司波同學」這個稱呼，使得陳祥山露出疑惑表情。

大概是故意裝出這個表情吧。既然「司波同學」這個稱呼反映達也與日本軍的特殊關係，陳祥山或許是在暗示他發現真田失言，讓真田自亂陣腳。

不過，經過五年前的那個事件，達也和風間、真田的交情已經不必特別保密。達也參與侵略部隊的擊退（或者該說是殲滅）作戰是祕密，但如果只是表現彼此的好交情，不會讓人聯想到那裡。愈是重視邏輯思考的人，肯定愈克制自己不要異想天開。

真田考量到這種程度，所以採用「司波同學」這個稱呼。即使不是基於這個原因，他的個性也沒可愛到光是這樣就慌張。

「敵艦在海面，推測在接受補給。」

真田無視於陳祥山的視線，繼續說明。

「在海面現身？」

「不。您的同胞應該沒這麼笨吧？」

陳祥山問完，真田面帶笑容搖頭。

雖然無法具體說明，但這張笑容隱約透露他惡劣的一面。

「那些傢伙是逃兵，早已不是同胞。」

「恕我失禮。回到剛才的話題，那艘潛艦躲在偽裝成中型油輪的活動船塢。」

在這個時代，石油不再做為燃料用途，卻依然是需求度高的工業原料。油輪浮在東海也沒什麼好奇怪的。

「雖然不知道要花多少時間補給，不過以現在的狀態來看，只要偽裝成海盜襲擊，就可以將船塢連同潛艦一起扣押。」

「可以麻煩將我軍的逃兵移交給我們嗎？」

「當然。得請兩位協助這邊的作戰，所以這邊會儘可能給個方便。」

風間以這樣的附加條件回應陳祥山的要求。

「感謝您。」

陳祥山向風間點頭，以眼神向呂剛虎示意。

呂剛虎起身離開房間，要接受襲擊部隊的編組。

「這個作戰要和時間賽跑，立刻做好出擊準備。」

「十分鐘就能出擊。」

柳有力地回應風間的命令。

「可以請司波同學同行嗎？」

「知道了。」

以達也的回應為暗號，所有人從椅子起身。

◇◇◇

大亞聯軍反談和派準備的潛艦是一般型。終究無法調度到核子潛艦。

現在，國際條約禁止將核能發動機運用在兵器。國際魔法協會賭上己身的存在意義負責監視。核能發動機在兵器領域主要用在大型艦船，要是發現艦船搭載核子動力，國際魔法協會將立刻出動剝奪該艦船戰力。

雖然這麼說，但國際魔法協會的實力不足以檢查全世界的所有兵器。國家的壁壘依然很厚。面對隱密性高的核子潛艦，協會難以動用公權力，實質上處於放生狀態。

只不過，若是批評國際魔法協會的活動毫無意義也很極端。

如果是為了阻止核武使用，不受國籍限制，可以使用所有必要手段。「國際魔法協會憲章」

是這樣規定的，害怕核武戰爭的國家幾乎都認可國內魔法師遵從這條憲章。

即使政府不怕核武戰爭，國民也會怕。

就算是體制上無視於國民意願的政府，也不能忽略和全世界魔法師為敵的風險。

既然兵器搭載核能發動機的禁令也包含在「阻止使用核武」的定義，強權國家也不能明目張膽地擁有核子潛艦。大國擁有核子潛艦是公開的祕密，同時也礙於背負著必須隱瞞這個祕密的枷鎖而無法積極運用。

不能讓其他國家掌握到自己擁有核子潛艦的證據。核子潛艦必須嚴謹管理，少數派的逃兵部隊不可能取得。

逃兵部隊投入作戰的潛艦是一般型，卻順應現代潮流，搭載以燃料電池提供電力的絕氣推進發動機。燃料電池技術進步到不只是當成輔助動力，還能當成主要動力運用在絕氣推進發動機，卻需要補給燃料電池的「燃料」，也就是氫與氧的供給源。此外，小型艦註定還得頻繁補給燃料以外的物資。

昨天作戰消耗的魚雷也要補充。在正式作戰前一天的此時進入偽裝船塢是不可或缺的。

……即使腦袋可以理解，強森上尉依然無法壓抑煩躁感。

昨天的作戰毫無意義。

這個想法過了一晚愈來愈強烈。

而且，這個畫蛇添足的作戰淒慘失敗，導致非得在原本作戰的前一天進行預定之外的補給，冒著風險在敵方自家門前上浮。調來潛艦獲得的優勢全毀了。

他懷抱的不滿隱約傳達給大亞聯軍的脫逃官兵，在彼此之間形成尷尬的氣氛。

雖然不能說只是這個原因，但強森暫時和潛艦上的逃兵部隊主力分頭行動。他正在等待離開用的連絡艇抵達。

「上尉，連絡艇抵達了。」

「知道了。我立刻過去。」

他是在挖空油輪而成的活動船塢裡等待。不用專人帶路也已經看得到連絡艇抵達。

在船塢裡上浮的是細長如魚雷，限兩人搭乘的小型潛艇。雖然舒適度只比水上摩托車好一點，卻具備足夠的速度與隱密性。

轉搭登陸用遊覽船的潛水服也換好了。

在和友軍的對立浮上檯面之前，強森決定趕快移動。

◇　◇　◇

達也遲了五分鐘察覺澳大利亞軍的特務員開始移動。但他沒告訴風間。

已經捕捉到潛艦的位置。沒理由懷疑真田這句話。偽裝成私家噴射機的空特部隊輸送機，載著他們筆直飛往特務員的潛艦。正確來說是飛往收容潛艦的行動式偽裝船塢。

特務潛艦的優先順位比較高。何況達也持續掌握詹姆士・J・強森的所在位置，目前沒必要提供這個情報擾亂作戰的判斷。

「五分鐘後抵達。」

「準備降落。」

收到真田的報告，風間要求做好隨時可以降落的準備。

他沒有特別關心陳祥山與呂剛虎。從舉止就看得出兩人對這種作戰行動都很熟練。

只有真田留在噴射機上。達也當然要攻進潛艦。獨立魔裝大隊這邊不只是柳，風間這次也加入降落部隊。

風間很久沒參與這種近身戰，但達也記得五年前和他一起在侵略軍面前從天而降的經驗，所以完全沒有不對勁的感覺。

「看見了。」

「降落！」

以噴射機的速度，一瞬間就會經過目的地。以柳與他的七名部下帶頭，呂剛虎、陳祥山以及八名部下，加上達也、風間，他們接連縱身跳向空中。

日本與大亞聯盟的聯合部隊沒使用降落傘就接連降落在甲板，油輪的大亞聯軍逃兵部隊完全無法對付。

即將著地時以魔法一口氣減速，以免降落時被人有機可乘。這不是什麼令人耳目一新的做法。雖然在上一次的大戰中沒看過這種運用方式，不過在二十年前，USNA、新蘇聯、印度波斯聯邦以及日本等國的軍隊都訓練到實用水準。五年前擊退沖繩侵略部隊的時候也使用過這個戰術。

不過就算知道，也很難對付這種速度。如果像這次偽裝成機體偷襲，精通這個戰術的日本軍也無法阻止入侵吧。

在這場作戰，不只是達也，柳他們也沒穿可動裝甲。終究不能連這種底牌都亮給大亞聯軍看。

即使如此，他們穿的野戰服，雖然乍看是普通布料，防禦能力卻和普通防彈服截然不同。頭盔的護目鏡也是在具備高透明度的同時堅固到擋得住狙擊槍的高威力子彈。

遭受重機關砲的掃射終究招架不住，面對特別強化對付魔法師的高威力步槍也屈居下風。但是面對其他的可攜型兵器，都可以毫不畏懼地突擊。

陳祥山率領的大亞聯盟部隊，也以自己的防彈野戰服保護身體。呂剛虎這次也穿野戰服而不是白虎甲，但他的「鋼氣功」原本就連高威力步槍都擋得住。

柳與呂剛虎爭先恐後般從甲板衝到下層。

達也和風間一起在最後面目送兩人的背影。他知道這不是自己搶第一、出風頭的場面。

相對的，達也專心破壞迎擊系統支援柳等人。

他以等同於透視的情報認知力，首先將對人雷達依序「分解」，接著毀掉船內的監視器。光是這樣，船內設置的對人兵器就失去功能，但他在入侵祕密船塢的過程中，這艘船上的各種系統，只要他的「眼」看見就全部毀掉。

對於大亞聯盟逃兵部隊來說，察覺偽裝成油輪的船塢司令室被柳等人入侵時就大勢已去。

「遙控槍座沒反應！」

負責管制船內防衛系統的士官，以哀號般的聲音報告。

「用毒氣！」

從潛艦移動到船塢的丹尼爾．劉上校，拋下平常展現的冷靜態度怒罵。

「這樣會殃及自己人！」

「無妨！先阻止入侵者！」

「收到！……不行！無法打開毒氣噴射口！」

然而，部下的回應徒增他的不耐煩情緒。

「可惡，現在是什麼狀況？關閉隔離牆！總之拖慢對方的侵略速度！」

「隔離牆沒運作！」

「發生了什麼事？」

在場沒人回應劉的吶喊。

達也在後方使用魔法。

——在柳與呂剛虎行進路線上準備啟動的遙控槍座拆解成零件。

達也使用魔法。

——毒氣裝置的配線失效。

達也使用魔法。

——隔離牆的電線被切斷。

或許效率比不上藤林或真田直接駭入系統，但優點在於它是讓硬體本身無法運作，所以無法立刻修復。

即使船身沒被直接破壞，這座移動式偽裝船塢依然被達也從「內部」逐漸分解。

「到這個程度就行吧。」

走在達也身旁的風間出聲制止。

「柳與陳上校好像都抵達目的地了。不必再冒風險害你的魔法曝光。」

「收到。」

達也點頭回應風間這番話，將潛艦螺旋槳葉與槳軸的結合部位分解當作收尾。

柳與呂剛虎同時入侵這座繫留船塢。

兩人轉頭相視。

呂剛虎跳到潛艦，柳沿著船塢通道奔跑。

敵兵從他們入侵路線以外的出入口現身。

敵方人數不多。應該是因為逃兵部隊人數原本就有限，而且部分兵力留在陸地。

他們的武裝也不夠好。在橫濱事變，不只是主力部隊，潛入部隊也裝備高威力步槍，但是出現在這裡的士兵只拿著上刺刀的自動步槍。

這麼一來，只靠現在身上衣服的防彈功能應該就能鎮壓，但柳沒有放水的意思。

他比部下搶先接觸敵兵。不給對方扣扳機的時間。

大概是考慮到會在船內或建築物內部使用，對方的衝鋒步槍以犢牛式設計縮短槍身。柳以左手手刀從內側砍向敵兵步槍的大型提把，架開槍口。

順勢從下方一記掌打，命中敵兵下顎。

敵兵身體飛到半空中。

飛得又高又遠，光靠物理打擊絕對不可能造成這個結果。

配合招式發動的加速魔法，使敵兵不只是下顎，全身都軋軋作響。

刺刀從兩側刺向柳。沒選擇開槍大概是避免傷到自己人。

一般來說，這個判斷沒錯。

但從結果來看是錯的。

柳鑽進右方敵人跟前，抓住對方衝鋒步槍的握把往後拉。

柳抓住腳步踉蹌的敵兵衣領進一步拉過來，以擦身而過的極近距離鑽到敵兵背後。

敵兵的刺刀朝彼此的胸口接近。

柳往敵兵背後敲下去，成為臨門一腳。

響起礙耳的慘叫。

上刺刀的衝鋒步槍吸食自己人的鮮血之後落地，接著響起兩人倒地的聲響。

敵方開始躊躇。

柳位於敵陣中央。朝他開槍很可能射中自己人。

即使選擇以刺刀格鬥，同袍才剛做出最壞的示範，所以只看得到重蹈覆轍的未來。

這裡是祕密船塢的狹窄通道。某部分來說是在所難免。但是前來迎擊的大亞聯盟逃兵部隊的士兵們選錯戰術。

他們過於密集。

想活用人數優勢是理所當然的想法，但就算敵方選擇近戰格鬥，也不應該將距離拉得這麼近。

因為柳的背後也有他的部下。

柳突然蹲下。

兩名和他保持距離的部下，以短管的衝鋒卡賓槍連射。

敵方也穿著防彈服，所以光是這樣不會全軍覆沒。

但是在三公尺近的距離直接中彈造成不小的傷害。

起身的柳以及他一起突擊的部下，立刻鎮壓在場的敵兵。

隔著潛艦的對側通道射來子彈。

「三人跟我來，其他人負責援護，以及綁住這群人。」

柳不等部下回應，就沿著迴廊狀的通道奔跑。

三名部下緊跟在柳的身後，留下來的四人依照柳的命令，一人負責綁住倒下的敵兵，三人開始射擊掩護。

跳到潛艦的大亞聯盟部隊兵分二路。陳祥山在四名護衛的保護之下留在上層甲板，另外五人由呂剛虎入侵潛艦。

以呂剛虎的體格，在艦內各處都會撞到天花板，但他接連打倒內部的逃兵，看不出行動有任何不便之處。

另外四人雖然比不上呂剛虎，戰鬥力也遠遠凌駕於留在潛艦的前同袍。在狹窄的潛艦裡，無法自由使用槍炮。即使除去這個因素，呂剛虎的「鋼氣功」別說是步槍子彈，高威力步槍的子彈也傷不了他。

呂剛虎從艙口前往潛艦後方，另外四人朝前方進擊，戰鬥在短時間內結束。

『艦內鎮壓完畢。』

「有找到丹尼爾．劉嗎？」

陳祥山接到呂剛虎的通訊時反問。

『不，他不在艦內。也沒看到布萊德利．張。』

「上尉立刻過來會合，逃兵交給其他人逮捕。」

『是。』

布萊德利・張很可能從一開始就分頭行動。另一方面，陳祥山確信丹尼爾・劉在這裡。

既然不在潛艦裡，應該在行動船塢的司令室。

（或許會被日本人搶先一步……）

陳祥山如此心想，卻一點都不慌張。

破壞作戰的主謀丹尼爾・劉，執行作戰並且在前線指揮的布萊德利・張。只要抓到這兩人，就等於摧毀了反談和派本次的企圖。

但是陳祥山不堅持親手逮捕劉。他們接到的任務是阻止破壞作戰並且逮捕逃兵，只要能得到這個結果就好。

風間與達也前往偽裝成油輪的船隻艦橋。

兩人一開始也打算前往潛艇所在的船塢，但柳回報敵兵比預料的少，所以決定改成壓制行動船塢本身。

風間變更行進路線，達也沒多問就跟上。

兩人是一同向八雲拜師的師兄弟，卻不是一起吃大鍋飯的關係，肯定沒機會培養完美的默契，卻可以不透過話語就溝通。或許是受到師父的影響，導致思考模式在某方面傾向於一致吧。

以船內監視器為首的監控機器已經在剛才全部破壞。甲板處於盲目狀態。即使敵方指揮官最終打算逃亡，派人偵察也堪稱是理所當然的步驟。

達也與風間已經和兩個雙人組，合計四名偵察兵擦身而過。敵方士兵即使面對面也沒認知到風間與達也。

達也對隱形也有相當程度的自信。但在擦身而過時，對方明明會加以閃躲卻直接走過去。達也不記得自己學習到這種技術。

（這就是相傳由鬼一法眼發明的「天狗術」之一——「簑隱」嗎？和歐洲的古式魔法「Hiding Manteau」是相同系統的術式吧。）

說到鬼一法眼，是傳說中被源義經竊得（習得？）兵法的陰陽師，據說也是古流劍術「京八流」祖師的劍術高手，這是廣為人知的人物形象。

不過，隨著世人認知到魔法真實存在，鬼一法眼多了一項傳說。

基於和源義經的關係，世間傾向於將鬼一法眼和鞍馬天狗視為同一人。

傳授義經劍術的鞍馬天狗，以及傳授義經兵法的鬼一法眼。以義經為主軸來思考，自然會將這兩人（一人與一神？）視為相同的個體。

那麼，為什麼是鞍馬「天狗」？「鞍馬」可以理解。成為京八流源頭的劍術，最初是傳授給鞍馬山的僧侶。但光是這樣無法和「天狗」連結在一起。

鬼一法眼之所以被稱為天狗，是因為他將陰陽術改良成適用於人類，後來又導入忍術發明

「天狗術」，這是魔法史研究家提出的假說。這個說法受到許多人支持，如今被認為是定理。

風間向八雲拜師之前，就習得這種天狗術。風間的別名「大天狗」就是來自這個古式魔法。他接受八雲的指導習得許多忍術，但風間真正拿手的魔法，至今依然是天狗術。

認知妨礙魔法「簑隱」就是天狗術代表性的魔法之一。近似小野遙天生的特異魔法技能（BS魔法）。

明明看見卻看不見。

明明聽到卻聽不到。

因為看見所以會閃避。卻沒發現自己閃避。

不是阻斷或擾亂光線與音波，是干涉意識，讓對方認定「不在那裡」。

認知妨礙的強度應該不如小野遙的先天異能。但是天狗術「簑隱」不只是作用在術士身上，同行者也不會被對方認知。

魔法範圍取決於術士的功力。以風間的狀況，包括他自己最多能讓四人隱身。

達也沒被敵方偵察兵發現，是風間的「簑隱」使然。

兩人抵達甲板基部的房間前面。

不是操舵室，是司令室。即使外型是小型油輪，內部構造也具備戰艦的特徵。

風間打開司令室的門。

開門聲引得室內的大亞聯盟逃兵部隊幹部轉身，但他一「看見」風間就失去興趣般轉回去。

『回報狀況！喂！……少校閣下，不行。推測迎擊部隊全軍覆沒。』

『留在潛艦的人也沒接聽通訊。就算只有我們也應該要離開這裡。』

留在司令室的共三人。其他人不是派到船塢就是出去偵察吧。

可惜達也聽不懂他們在說什麼，不過風間聽得懂中文。

風間確定這三人是企圖進行破壞作戰的敵方幹部，朝達也使眼神。

達也的「分解」在大亞聯盟脫逃軍官的身體穿孔。

雙肩、雙腿大腿部位，每人四處。

達也同時施放十二個魔法，瞬間癱瘓敵方幹部。

◇　◇　◇

風間與陳祥山成功壓制潛艦與偽裝船塢的時候，強森上尉還在海裡。

上午抵達會合地點，他在海裡離開小型潛艇，靠著潛水裝上浮。看到偽裝成民用遊艇的特務船正如預定停在海面，強森一反個性鬆了口氣。

他的搭檔——賈絲敏．威廉斯上尉在船上等他。

「賈絲？發生什麼事嗎？」

依照預定，她應該在久米島的藏身處等待。

以賈絲敏的個性，她不會心血來潮變更計畫。強森沒有說笑的餘力，嚴肅詢問變更預定的原因。

「你不知道嗎？……不，看來你不知道。」

賈絲敏這個反應，使得強森心中的不祥預感逐漸膨脹。

很遺憾，他並沒有多慮。

「明天作戰的主力部隊被日本軍抓住了。雖然你剛回來，但我想立刻開會。」

強森目瞪口呆的時間極短，不到一秒。

「——知道了。我去換裝。」

「我在餐廳等你。」

賈絲敏連目送的時間都省了，強森前往用為更衣室的艙室。

餐廳坐著賈絲敏，以及大亞聯盟逃兵部隊的幹部——布萊德利．張。

張不時瞥向賈絲敏，大概是心底無法相信她的身分吧。

賈絲敏至今避免見到劉以外的逃兵部隊成員。這次和張見面是因為劉被抓而逼不得已。

張今天是第一次見到她。從十二、三歲少女的外表，確實很難接受她是上尉階級的魔法師。兩人用來等待的地點雖說是飯廳，卻只是附設簡易廚房的一組小桌椅，看起來就很委屈張的高大身軀，但他沒餘力對這種小事提出不滿。

強森也一樣。

「妳說被抓是接受臨檢嗎？移動船塢肯定在公海啊？」

「不是臨檢。雖然不知道詳情，但好像是遭受非法奇襲。」

「正規軍做出海盜的勾當嗎？」

強森氣沖沖地撂下這句話。

「我們在這一點也沒辦法批判日本軍。」

賈絲敏不是安撫他，而是要他自省冷卻腦袋。

「……還知道其他情報嗎？」

雖然並非完全鎮靜下來，但強森以稍微克制的語氣要求追加說明。

「大亞聯盟的追捕部隊好像也參加襲擊。」

「我知道日本軍和大亞聯軍合作，但是不太妙。應該認定明天作戰的情報外洩嗎？」

「對方也是下定決心進行非法作戰。事到如今應該不惜使用自白劑吧。」

賈絲敏的語氣不帶批評或厭惡。對於至今專門負責洗腦或拷問等特殊任務的她來說，這種事並不稀奇。

「而且，作戰本身已經出現破綻。」

澳大利亞軍在本次破壞作戰的職責，始終是在背地裡支援大亞聯盟反談和派。而且原則上僅止於物資支援，派遣過來直接參與戰鬥的要員只有賈絲敏與強森這對搭檔。

賈絲敏他們這邊，也沒有預定以主戰力的身分參與破壞作戰。澳大利亞答應支援反談和派，是因為本次有所共識的計畫開出一個條件。澳大利亞這邊的主要任務始終是監視狀況，只在事態逼不得已的時候才參加戰鬥。

澳大利亞當然也肯定不打算全面禁止戰鬥。如果完全不想派人戰鬥，就不會派遣賈絲敏與強森這樣的好手協助。派遣這兩人強烈反映英國的意向，但如果澳大利亞沒這個打算就不會付諸實行吧。

雖然這麼說，但澳大利亞沒必要執著於進行成功機率降低的作戰。想阻止日本擴大勢力而擬定本次作戰的是英國，澳大利亞只是以祕密同盟國的身分協助。

「作戰應該要實行。現在中止的話，至今的犧牲都會化為烏有。」

但是布萊德利・張的立場不同。他主張強行實施破壞作戰。

站在張的立場也堪稱理所當然吧。他從大亞聯盟的香港軍逃脫，從事這項作戰。

香港受到英國政治影響是公開的祕密。即使如此，所屬國家始終是大亞聯盟。

張回到香港將成為罪犯。張這個高階魔法師要面臨的刑罰，輕一點是強制勞動，高機率是淪落為洗腦的傀儡兵，也就是自由意志被剝奪的生體兵器。

洗腦會導致魔法技能受損，這是常識，但大亞聯軍以損害魔法多樣性為前提，將魔法師洗腦改造為絕對服從士兵的技術已經進入實用階段。這是顧傑透過無頭龍提供的魔法（或許該說是咒術）衍生出來的技術。

對於被改造為傀儡的魔法師來說，這等同於死刑。會被剝奪自由意志，生命也會被利用殆盡。雖說連感受痛苦的心都會失去，但恐怖程度可以說是更勝於死刑。

張的最後一條路是讓破壞作戰成功，推翻大亞聯盟和日本的談和。這麼一來罪狀會變成功勞。即使因為反談和派復權，使得母國政府不承認他的功績，他也可以帶著破壞作戰成功的實績逃亡到澳大利亞或英國。

總之，如果明天對人工島竣工紀念宴會進行的破壞任務沒成功，他就沒有未來。他不可能接受作戰中止。

「可是，已經失去作戰主力的潛艦了。」

正如賈絲敏的指摘，明天的作戰是由張率領機動部隊吸引警備人員的注意力，再以潛艦從海裡攻擊。而且不是用魚雷或飛彈直接攻擊，預定是從海裡送出特務員祕密接近，在浮台安裝炸彈。

「小型艇還在。總歸來說，只要神不知鬼不覺從海裡接近就好。潛艦並不是這場作戰絕對需要的工具。」

「做得到這種事嗎？」

「我們的部隊留有擅長在水中行動的魔法師。雖然人數減少，卻不會影響作戰。」

聽到張這番強勢的話語，賈絲敏和強森轉頭相視。

「我們不能獨斷下結論。請給我們一些時間徵詢本國意見。」

強森代替賈絲敏向張提出要求。

這不是要拖延時間。他們需要確認澳大利亞本國的意向，這是千真萬確的事實。

「……知道了。期待得到貴國的正面回應。」

張大概也明白這一點吧。他克制焦急心情點頭答應。

◇　◇　◇

強森和本國長官連絡的手段，是只針對英國軍用通訊衛星發出高指向性電波進行無線通訊。

不用說，是為了防止竊聽。

但是很遺憾，即使做到這種程度，他的通訊還是被日本軍竊聽了。

「藤林中尉，辛苦了。」

「隊長，不敢當。」

藤林的別名「電子魔女」主要來自於她是高超的資訊駭客，卻也包括魔法師層面的意思。她精通干涉電氣或電波訊號的發散系、聚合系、振動系魔法。

不是將電磁波用為攻擊或索敵手段，而是擅長以魔法介入包含有線與無線各種通訊的「魔女」。光通訊到頭來依然是電氣訊號轉換而成，所以也包含在她魔法的守備範圍。

此外，不只是正在進行的通訊，藤林也具備特殊技能，能重新建構電磁、電子、光學記憶媒體裡被覆寫消除的資料。

即使有她無法「解讀」的通訊，她無法「竊聽」的通訊實際上不存在。經由藤林的魔法，強森上尉的衛星通訊在獨立魔裝大隊的收訊機播放。

「真田，成功解讀了嗎？」

「是。編碼並不複雜。」

而且即使是藤林無法解讀的編碼，真田也大多可以解讀。真田不只是優秀的魔法工學技師，在編碼技術領域也是內行人才知道的專家。

「內容是？」

「詢問明天的作戰是否應該中止。澳大利亞軍還沒回覆。」

「這邊比較希望他們繼續進行就是了……」

如果達也留在這裡，應該會反對風間這句話吧。對他來說，別發生事件是再好不過。不過以風間的立場，既然能得到對己方有利的結果，他認為多少犧牲一點是在所難免，不對，反倒是應該積極支付的成本。

逃離大亞聯軍的反談和派已經失去作戰能力。風間他們是這麼分析的。明天前可以補充戰力的機率等於零。可以預測即使他們決定進行破壞作戰，也不會造成太大的損害。

「能不能讓他們收到假的回應……不，應該不可能。」

風間毒辣的低語，真田回以遺憾的苦笑。

「要放出假通訊，技術上並非不可能。但是應該很難阻斷澳大利亞的真正回應。」

「說得也是。」

風間也明白這一點，所以說到一半就否定自己的點子。

何況也沒時間設局詐騙了。

「澳大利亞軍回覆了。」

風間繼續歪頭在想鬼主意時，藤林回報竊聽到情報。

「他們怎麼說？」

暗號一度被破解。雖然終究沒重複使用同樣的解碼金鑰，卻可以自動轉譯成普通語言。

「是。內容是『准許進行明天的作戰，協助大亞聯盟反談和派，引導作戰成功吧』。」

「這樣啊。柳。」

風間說完，柳回答「有」從房間一角走過來。

「將這個情報告訴陳祥山，討論迎擊陣型。細節交給你決定。」

「遵命。」

柳向風間敬禮之後離開房間。他的腳步稍微比平常輕快。

「話說回來，澳大利亞真強勢。難道是獲得新兵器嗎？」

真田以沒有嚴肅感的語氣詢問風間。

「不，應該沒當真認為作戰會成功吧。」

不過，風間回的意見不像是開玩笑。

「這到底是？」

「我也覺得如果真的要讓作戰成功，這樣的指示太隨便了。如果真的希望破壞作戰成功，應該會因應惡化的現狀，下達詳細的作戰指示。」

藤林以推測的形式，回答真田這個簡短的問題。

她的回答很接近風間的想法。

「這是大後方高層的想法。即使在後面詳細指示，也大多不符合現場的狀況，不過高層總是想盡量管理現場。」

風間說出不只適用於軍事，似乎也適用於一般環境的挖苦話語。

大概是因為被冤枉獨斷專行而長期受冷落，他即使地位提升，也總是喜歡說管理層級的壞話。

但他當然會遵守分際，不讓當事人聽到。

「反過來說，如果沒有具體指示，大多預測可能會失敗，所以做好卸責的準備。這次的案例就符合這個狀況吧？」

「屬下可以理解隊長的意見，但他們沒想過要是作戰失敗，派遣的特務員也有生命危險嗎？」

真田一副不太能同意風間見解的表情提出疑問。

「這部分澳大利亞軍當然明白吧。即使如此依然認為沒關係。這就是我的意見。」

如此大膽的推理，真田也難掩驚訝。

「意思是要割捨魔法師特務員嗎？」

相對的，風間以沉穩表情點頭。

「如果是真的不能失去的魔法師，就不會投入這種危險的作戰。這可不只是風險高，就像是在沒有安全網的狀況下走鋼索。」

「一開始就考慮當成免洗的棋子……？」

真田啞口無言，代他詢問的藤林聲音微微發抖。

「假設ＵＳＮＡ出現可能會威脅到我國的魔法師，我們會派達也獨自前往ＵＳＮＡ嗎？」

「不會……至少要提供充足的後援。」

聽到風間舉這個具體的例子，藤林露出接受的表情點頭。

「可能是能力上的缺陷，或是身體上的缺陷……既然任命執行潛入任務，應該有兩把刷子，不過大概覺得就算失去也不可惜吧。」

風間拿起桌上的平板型終端裝置。是在牛排館二樓和達也開會時也用到的那一台。

開啟在畫面上的檔案也和當時一樣。映在上面的照片是留鬍子的男性，以及頭戴草帽約十二、三歲的少女。

「比方說，如果這名『少女』的外表不是施打藥物造成的，而是調整的副作用導致基因異常，你們覺得怎麼樣？」

「隊長，這……」

「調整的副作用」這個詞，麻痺藤林的舌頭。

「這始終是假設。但你們不覺得有可能嗎？」

「說得也是。」

和風間交談的人，從藤林回到真田。

「這是有可能的事。此外，既然是有這種特質的調整體魔法師，何時『燃燒殆盡』也不奇怪。澳大利亞軍十分可能以隊長說的方式運用這種人。」

沒人繼續對真田提出的這個結論發表意見。

〔6〕

終於到了三月二十八日。

深雪身為「四葉家下任當家」的公務在昨天結束。今天預定受朋友邀請出席宴會，達也也會陪同參加。

——這是表面上的行程。

不過，四葉家現任當家交付的任務，今天才是重頭戲。阻止順利成功潛入的這場宴會遭遇恐怖攻擊，才是兩人原本的工作。

「原本已經安排好讓深雪大人出席宴會，但是不需要了。」

四葉本家派來的白川管家說完，以溫和的表情一笑。

他在八名管家之中位居第六，有資格接觸四葉祕密的前三名不包括他。

不過，在四葉本家與分家之中，也只有包含當家的極少數人，以及管家位階第一的葉山、第二的花菱、第三的紅林，還有前第四研中樞設施相關的技術人員獲准知道這個祕密，但並不是意味著包含白川在內第四名以下的管家們不知道四葉家對世間隱瞞的實情。

白川具備的知識也足以支援任務進行。他正是因為這樣而被派來這裡。

「不過，連達也大人都參加宴會，屬下無法判斷這樣是否真的沒問題。」

關於這一點，達也也有同感，所以沒責備白川對主子來說有點冒失的這段發言。不過深雪很期待達也帶她參加宴會，所以看起來有點不滿。

「行動確實受限，但這次已經知道敵人會在什麼時候對哪裡下手，所以應付起來也很輕鬆。」

這番話聽起來傲慢，卻是達也的真心話。此外不只是深雪，白川也知道這番話雖然傲慢，卻不是自以為是。

知道敵方攻擊的對象卻無法應付，只限於對方實力占上風，或是這邊行動受限的場合。這次的狀況不適用於這兩者。比起找出不知道躲在哪裡的敵人，這次對於達也來說很好應付。

達也他們搭乘的是四葉家準備的遊艇。橫濱事變結束不久，四葉本家第二順位的管家花菱預測今後在海上的「工作」會增加，所以向長崎造船廠訂製。配合本次任務於昨天抵達沖繩的，就是這艘表面上是休閒用遊艇，實際是戰鬥用快艇的「披著羊皮的狼」。

「出港。」

這次掌舵的是白川。達也與水波都具備駕船技術，不過白川擁有可航行外海的動力小船駕照。達也受到年齡限制還無法取得這張駕照。

而且達也必須迎擊敵人，水波在宴會期間也必須貼身保護深雪。由白川掌舵是理所當然的選擇。

「麻煩您了。」

獲得深雪的許可之後，白川駕駛偽裝成遊艇的快艇出發。出港時平穩得幾乎感覺不到起步動作。

三天前，喬瑟夫向軍方借來的船也很舒適，但這艘快艇搭起來更舒服。看來是加裝魔法方面的機關。這艘船本身就是類似武裝一體型ＣＡＤ的單一魔法裝置。除了白川，快艇上還有一名四葉家的部屬擔任輪機士，達也感知到這個人正在發動魔法緩和船身的搖動與振動。

◇◇◇

從沖繩本島到久米島，搭飛機的話大約三十分鐘，快艇則是花費兩小時抵達島嶼東岸的真泊港。白川管家解釋說「以這艘船原本的速度可以一小時抵達，但是這次航行比較重視舒適度」。沒有直接開往人工島「西果新島」，而是先停靠在久米島的港口，是因為宴會在傍晚開始，現在還是上午。

「深雪。」

「達也同學！」

雫與穗香在真泊港等待。深雪先告知船預定抵達的時間。

「穗香、雫。妳們專程過來？」

深雪沒讓達也知道她寄電子郵件給兩人，所以穗香她們出現在這裡肯定令達也意外，但達也沒嚇到。

大概是想過兩人可能會來，或者下意識認為不會影響到自己的工作。

不過，至少達也沒把穗香與雫視為「可有可無」的樣子。

「妳們吃過飯了嗎？還沒的話要不要一起吃？」

因為他甚至主動這樣提議。

「請務必！請務必！我很樂意！」

「穗香，妳太興奮了……我們原本就想這樣。」

穗香像是隨時會跳起舞，雫因為這個意外的提議而靦腆，達也看著這樣的兩人也露出微笑。不是高中入學那時候趁著沒人看見而掛在臉上的挖苦表情，而是溫柔的笑容。

午餐在穗香的推薦之下吃了「鮮蝦漢堡」。晚上的宴會是立食形式，雖然不是套餐料理，但肯定都是高價的食物，所以午餐吃大眾一點的食物比較好。穗香如此極力主張。

漢堡的鮮蝦分成煎與炸兩種，五人（達也、深雪、穗香、雫、水波）將各個漢堡切開分食，享受這種東京少見的料理。

「話說回來，達也同學，你們要在哪裡換衣服？」

雫吃著餐後甜點的沖繩紅豆湯（加刨冰的涼紅豆湯），看著達也……應該說主要看著深雪問道。

雫大概是擔憂在沖繩本島飯店下榻的深雪他們沒地方換衣服吧。這未必是她白操心。

「不介意的話，可以用美容院喔。」

「謝謝。不過沒關係的，我們可以在遊艇上換衣服。」

不過深雪他們在這方面也有自己的想法。雖然比不上美容院，遊艇（披著遊艇皮的快艇）上也有鏡子與齊全的化妝品。船停靠在人工島之後，兩人可以就這樣直接前往宴會會場。

但是重新聽雫這麼問，達也似乎也擔心這樣是否準備充足。

「深雪，機會難得，要不要接受雫的好意？」

達也認為深雪不用專家上妝也美得無與倫比。甚至覺得半桶水的專家反而有損深雪的魅力。

之所以沒想過在沖繩本島或久米島預約美容院，是因為達也下意識這麼想。

但如果是雫介紹的美容師，絕對不可能是「半桶水」。不如讓一流的專家將深雪打扮得更美麗。

達也自己都沒有清楚意識到的這份期待，深雪敏銳察覺到了。

「既然達也大人這麼說……那就麻煩妳吧？」

深雪輕易推翻自己剛才的話語，雫眉頭都不皺就回答：「嗯，好。」

「水波也一起。」

雫和深雪說完順便叫了水波，水波抬頭看達也。

「水波也一起接受打理吧。」

水波捱不住達也立刻回應的這股氣勢，低頭向雫說：「麻煩您了。」

◇　◇　◇

下午兩點，達也叫了計程車，將深雪與水波的禮服送到雫下榻的飯店。

宴會開始兩小時前的下午四點半，深雪連絡達也告知準備完成。

並不是花費的時間超乎預料。為了出席這場幾乎是正式晚宴的宴會，至少擁有一流水準的美容師在為深雪上妝。不對，應該說發揮本領以免對不起深雪的美貌。反而得說兩小時半的時間算快了。

不過，時間變得有點趕也是事實。達也立刻帶著深雪與水波出港。

此外，雫與穗香說她們預定搭直升機前往宴會會場所在的人工島。人工島「西果新島」建設於久米島西方三十公里的海域。搭直升機約十分鐘就抵達。兩人（尤其是穗香）強烈建議達也他們一起搭直升機。

如果是搭直升機，確實完全就完全不必慌張。不過基於原本任務所需，達也無法接受穗香與雫的邀請。深雪不會選擇和達也分頭行動，水波的職責是陪在深雪身旁。因此達也他們三人回到快艇上，走海路前往人工島。

深雪與水波準備參加宴會的這段時間，達也也沒閒著。

他在島嶼北方的國防軍基地和風間見面開會，以精靈之眼確認的詹姆士・J・強森所在位置，也在當時告訴風間。

開完會，他搭乘空軍偵察機在人工島周邊海域飛行，以自己的「肉眼」與「眼」確認周圍狀況。

達也在下午四點回到真泊港。接著匆忙換上宴會用的西裝，去接深雪與水波。

這般強行軍行程對達也來說也很吃力。如果沒和穗香她們吃午餐會輕鬆一點，但他不想為這種事發牢騷。只是在快艇出港時，達也真的很想喘口氣。

達也脫下外套掛在衣架，坐在船艙的椅子。雖然不是沙發，不過連頭枕都具備的椅背又高又寬，整體來說彈力充足，坐起來的感覺無從挑剔。

西裝會皺掉……這個擔憂掠過腦海，但是懶得重新換裝了。
他就這麼整個人躺在椅子上。

「哥哥？」
敲門沒反應，出聲詢問也沒回應。感到疑惑的深雪輕輕開門。
「哎呀……」
深雪不禁發出聲音，連忙以雙手摀嘴。
看來達也沒醒。
深雪輕輕鬆一口氣，小心翼翼避免發出聲音，進入達也的艙室。
毫無防備的睡臉帶給深雪幸福感。
她知道達也即使熟睡，也不可能沒察覺他人的氣息。達也甚至在夢鄉也隨時備戰。
靠得這麼近也沒醒，意味著達也在所有層面不把深雪當成敵人。證明達也對深雪全面卸防。
深雪繼續接近達也。
轉身往後看，確認門有關好。
即使如此，她依然像是靜不下心般反覆東張西望，然後大概是終於接受了，不再做出旁人看來非常可疑的舉動。

深雪閉上雙眼，雙手交疊在胸前，調整呼吸。

睜開雙眼，單手按著頭髮，另一隻手壓著裙襬，緩緩將臉湊向達也。

前年十月，論文比賽的兩天前，也就是橫濱事變兩天前的夜晚。深雪記得自己在同樣的狀況不小心手滑失敗，所以這次雙手沒撐在達也所坐的椅子，而是自力支撐自己的身體。

無聲無息。

深雪的脣接近達也的脣。

達也沒有清醒的徵兆。

比呼吸交纏的距離更近。

真的是只隔著一張薄紙的時候……

深雪緊閉雙眼。

她一個轉身，就這麼連耳根都通紅，逃離達也的艙房。

◇　◇　◇

西果新島是半潛水型的超大型浮台。最底層是井字形的海底資源採掘設施，上方共建造十六根圓柱，十二根兼用為浮台，四根兼用為礦石搬運通道。圓柱上方載著正八角形的人工地基。人工地基是五層構造的居住區域，上面也建造了提供訪客下榻的高級飯店。

今天的宴會在人工地基地下第一層的飯店宴會場舉辦。宴會開始前三十分鐘，受邀賓客接連聚集在宴會場前方的大廳。

「……我是不是來錯地方了？」

即使不知道身分，社會地位看起來就很高，身上衣服與飾品似乎也很高價的紳士淑女們當前，紗耶香說出這種畏縮的話語。

「放心，壬生同學，這身打扮很適合妳。」

「是嗎？」

紗耶香無意義地以手指撥弄披肩一角，看來她即使聽梓這麼說也沒自信。

「紗耶香，妳太在意了。就我看來，高中生或大學生年紀的人也不只是我們。而且這場宴會不是本次旅行的主要活動。不要想太多，得盡情享受才行。」

「說……說得也是。」

在花音的鼓勵之下，紗耶香似乎終於回復冷靜。

正如花音所說，大廳各處看得見年約二十歲出頭的青年，或是和她們同年代的少女。看來在今天的宴會，年輕世代的賓客意外地多。

紗耶香與花音不經意看向往下通往這個大廳的階梯，和打扮漂亮的學妹視線相對。

「千代田學姊、壬生學姊，兩位好早來耶。」

避免妨礙到其他賓客而貼心快步走來的穗香，向花音與紗耶香這麼說。

雫在她身旁微微鞠躬。

「光井學妹、北山學妹，就妳們兩人自己過來？」

花音等人是五十里代表家裡邀請的，花音以未婚妻身分出席，另外五人是以朋友身分參加。

不過雫等人這邊的狀況，花音知道宴會原本邀請的貴賓是雫的父母，穗香與雫只是陪同參加。進入會場的時候如果沒和父母在一起肯定不太妙。

「不，在那裡。」

雫不多話，主要以視線回答花音的問題。

雫的視線前方，北山潮與紅音夫妻帶著即將升上國中的長男，接受花音也認識的政治家拜會。

「真是了不起。」

在一旁聆聽她們對話的梓感慨地說。

「那個人是地位很高的政治家吧？不是去拜會他，而是他來拜會……」

花音的語氣不只是佩服，還帶著傻眼的感覺。

「不只是地位高，還當過院長喔。那一位是國防的有力人士，所以會格外用心吧。」

不知何時接近的五十里，在後方輕聲插嘴。

北山家旗下沒有直接做兵器買賣的企業。但是從子彈到戰機，生產兵器所需的中間財，北山家企業集團都維持很高的市場占有率。因為軍需領域不是主業，所以要是北山潮心情不好，將營收來源大幅切換到民生或出口領域，國防軍的補給線恐怕會銜接不上。五十里使用「用心」這個詞，堪稱比實際狀況形容得還要保守得多。

「剛好有這個機會，我們也去拜會吧。」

「拜會哪邊？」

「當然是兩邊。」

五十里說完，推著似乎還想問問題的花音走向潮與紅音，以及正在拜會兩人的政治家。

「不需要這麼急也沒關係的。」

雫目送兩人背影輕聲這麼說，紗耶香與梓露出驚慌失措的表情反覆眨眼。用不著現在去拜會，畢竟有雫在，宴會開始之後，對話的機會也多得是。兩人聽到雫的細語於是察覺到這件事，才會露出這種微妙的表情。

看來五十里表面上冷靜，精神狀態卻和平常心差得遠。

「穗香，怎麼了？」

反觀雫已經沒在注意五十里他們了。她對身旁張望大廳的穗香這麼問。

雖然這麼說，但雫不用問也知道穗香在找誰。

「達也同學還沒來嗎？」

「是啊。深雪她們如果來了，我們肯定很快就會知道。」

雫暗示「妳忘了深雪與水波喔」，但穗香沒聽出來。

◇ ◇ ◇

無視於穗香的擔心，達也他們搭乘的快艇已經抵達人工島的港口。

深雪沒來到大廳露面，是因為不想被包圍。

藏有許多祕密的四葉家公主。光是這樣就吸引眾人的興趣與算計，若是加上深雪打扮過的華麗容貌，很明顯會成為麻煩的事態。

達也不接近會場的原因稍微不同。他前往人工島地下一樓剛開幕不久的購物中心。

各店鋪在地下採掘設施正式運作的下個月才正式營業，但部分紀念品商店與便利商店提前開張。

他在全國連鎖的便利商店前面發現詹姆士・J・強森。強森換了頭髮與瞳孔顏色，剃光鬍子，不只如此，連體型都以內襯裝甲改變。不過這種程度瞞不過達也的「眼」。到頭來，達也不是以肉眼發現，是以「精靈之眼」掌握強森的位置才過來的。

對方肯定也知道達也是何許人也。因為達也沒有刻意喬裝。即使如此，對方也絲毫沒散發緊張的氣息，堪稱了不起。

強森帶著「外表」約十二、三歲的女孩。

紅髮綠眼，配色和風間拿給達也看的數位照片不同。有點小大人感覺的打扮加上髮型換過，給人的印象大不相同，但達也不會認錯人。

「少女」抬起頭。

和達也視線相對。

達也微微低頭，向強森搭話。

「恕我失禮，聽說今天的宴會是對國內舉辦的……所以我不小心以眼神冒犯了。」

「不，請別在意。」

強森以終究有點慌張的聲音回應，匆忙想離開達也。

但是達也沒有就這樣讓他們走。

「小妹妹，我也向妳說聲對不起。我這樣不是對待女性的態度。請原諒。」

他正面注視少女——賈絲敏．威廉斯的雙眼，以不像是對孩童使用的拘謹態度謝罪。

「……您這麼客氣，小女子不敢當。真的不用在意。」

少女以符合外表的冷傲聲音回應，以眼神向達也致意。

以此為暗號，強森與賈絲敏轉身背對達也。

◇◇◇

強森轉頭確認身後的達也進入便利商店，然後加快腳步。

因為每一步的距離有差，所以賈絲敏變成小跑步，但強森走路沒減速。

轉一個彎，看不見便利商店之後，強森終於放慢腳步。

即使如此，也只是配合賈絲敏的走路速度，沒有停下來。

抵達預先對監視器動手腳打造的死角，強森終於停步。

他與賈絲敏迅速以眼神掃視兩側。

確認四下無人之後，打開預先開鎖的門，鑽進門後的員工專用階梯。

強森大口嘆氣，賈絲敏輕聲嘆氣。

但兩人鬆懈的時間沒有很久。

「賈絲。」

「什麼事？」

「妳覺得……被發現了嗎？」

「不知道。」

強森以緊張語氣問完，賈絲敏掛著僵硬表情搖頭。

「沒有追過來的氣息，對方看起來也沒使用魔法……」

賈絲敏的語氣忽然失常。

「傑伊，沒有魔法使用的痕跡吧？我們沒被他動手腳吧？」

賈絲敏不是以名字或階級，而是以綽號叫強森。這是她內心慌張的訊號。

「賈絲，怎麼了？」

賈絲敏只比強森小一歲。但她現在彷彿和外表年齡相符，就強森看來像是找不到依靠。

「不知道……沒有魔法的徵兆，也沒有被魔法命中的感覺。可是為什麼？為什麼會這麼不安？就像是不知不覺被絞刑的繩索纏住脖子，這種毛骨悚然的感覺是什麼？」

「賈絲，冷靜點。」

老實說，詹姆士也感受過賈絲敏透露的這種不安。她所說的「絞刑繩」似乎猜到這份不祥預感的真面目，使得詹姆士內心受到打擊。

但他強忍自己感受到的慌張與不安，儘可能裝出無懼一切的表情，注視賈絲敏的雙眼。

「我也沒看到妳被動手腳。至少那傢伙沒碰到妳一根寒毛。」

賈絲敏激烈的呼吸稍微恢復平靜。

「……抱歉，這樣慌張真不像我。看來我太在意他是『那個四葉』的魔法師了。」

「不，那個傢伙確實給人來歷不明的感覺。」

賈絲敏露出笑意，因為她認為強森在開玩笑。

但強森非常正經。

「賈絲，這次要不要收手？」

賈絲敏需要數秒才聽懂這句話的意思。

「……別說傻話。上頭已經下令進行了。」

「我是明知故問。這次的任務……不太妙。」

強森暗示想放棄任務。

「強森上尉，光是這句話，你就會被送交軍法審判喔。」

「來到這裡的只有我們。所以我們自己擁有指揮命令權。如果預料狀況將嚴重惡化，肯定能自行判斷撤退。」

「這是預測到局勢很可能致命的狀況吧！還沒發生這種具體的事態。」

「我們所在的地方不是普通的戰場！是魔法師按逗得戰場。不知道會面臨什麼威脅！」

「這種事也可以套用在『普通』的特務作戰！不構成可以逃走的理由！」

強森與賈絲敏互瞪。

先移開目光的是強森。

「……抱歉。看來我有點失常。」

「……你剛才說的，我就當成沒聽到吧。」

強森認錯之後，賈絲敏接受他的謝罪。

「嗯……差不多該回去了。宴會即將開始，那個傢伙也該離開了。」

「收到。」

強森沿著階梯相連的這條通道，前往其他出口。

賈絲敏看著他的背影，確實感覺到自己心中也強烈地想要放棄這個任務。

◇◇◇

達也在便利商店買瓶礦泉水，回到深雪她們等待的快艇上。

不是口渴，是認為沒買東西就走出店門口很奇怪。

「哥哥，差不多要去會場了嗎？」

達也獨自離開快艇時確實說過，會在準備前往宴會會場的時間回來。

但是達也搖頭回應深雪的詢問。

「還有一些時間吧？給我五分鐘。」

「沒問題，不過……難道說，哥哥？」

達也刻意回到船上，大概是因為這麼一來，別人就看不見他。想到這裡，深雪從「看不見」這幾個字察覺達也想做什麼。

「等時間到了，我再去叫您。」

「拜託了。」

深雪知曉一切之後如此提議，達也回應之後進入自己的艙室。

深雪或水波都不可能沒知會就進入達也房間，但達也還是鎖門以防萬一，脫掉外套坐在椅子上。

就這麼閉上雙眼。

不是為了小睡片刻。

是為了將「眼」朝向五感無法知覺的世界。

即使正常使用肉眼，達也一樣可以「觀看」情報體次元。不過若要詳細觀察，減少五感的刺激還是比較便於行事。

剛才第一次見面的「少女」，達也神不知鬼不覺地經由情報體次元朝她發射想子彈，如今以此為標記連結到她的個人情報。

（賈絲敏．威廉斯。澳大利亞軍魔法師部隊上尉。實際年齡果然和外表不符嗎？）

基因異常的調整體魔法師。

即使知道這一點，達也內心也沒動搖。

因為這種事而手下留情，對敵人來說很失禮……這種說法只是對自己的藉口。

既然是敵人，在達也眼中只會是必須剝奪戰力的對象。但如果她停止敵對，這份感受或許會變。

為求謹慎，達也也確認詹姆士．J．強森的印記。這邊也毫無問題可以追蹤。只要沒被發現，感覺可以再運作三天左右。

（或許有點輕率……不過剛好當成「那個」的實戰測試。）

達也「設局」完畢之後，睜開雙眼。

看向艙室的時鐘。

花的時間比想像的長。

達也起身重新穿上外套時，有人敲門。

「……哥哥，時間差不多了。」

「我知道了。」

達也回應深雪之後開門。

深雪取下平常戴的髮飾，高高挽起頭髮。白、黑、金三色珍珠均衡分配的項鍊，在她露出的頸子閃閃發亮。

◇　◇　◇

西果新島竣工紀念宴會開始。

會場入口開啟，聚集在大廳的人們緩緩入內。

在這種場合有兩種思考方式，一種是依照地位順序進入，另一種是重要人士壓軸進場。不過今天似乎兩者皆非，單純是從入口旁邊等待的人們開始依序進場。

因此，沒在大廳等候的達也他們，即使沒遲到也算是最後進場。換句話說，深雪在達也的帶領以及水波的陪同之下，進入已經有許多來賓的會場。

人聲鼎沸的會場，從入口處開始迅速變得安靜。

簡直是主角登場。

不，在這一瞬間，會場的主角肯定是深雪。

眾人倒抽一口氣，動也不動，被不像是凡人可以擁有的美貌奪走目光與注意力。

對於眾人凝視的視線，深雪露出有點為難的微笑，在會場中央微微鞠躬致意。

眾人的定身術因而解除。

竊竊私語的嘈雜聲回來了。幾乎都是「那位美女究竟是誰？」「她是四葉的……」「什麼？就是那一位？」這種對深雪的討論。

極少數的例外，是早就認識深雪的第一高中學生與畢業生，還有雫的父母。

達也牽著深雪，帶著水波，首先拜會北山潮。這次是靠著潮的門路出席今天的宴會，所以這麼做是理所當然。

「好久不見。今天謝謝您的邀請。」

達也恭敬行禮。深雪優美嬌憐、水波生澀嬌羞地鞠躬配合。

「這邊才要說聲好久不見。謝謝你們這麼有禮。」

在會場眾人的注目禮之中，潮笑咪咪地回應達也。上個月的箱根恐攻事件之後，達也與深雪也見過潮，所以其實沒有那麼「好久不見」，但是在不知道會被誰聽到的這個狀況，沒必要乖乖說實話。

何況和潮的妻子紅音真的是很久不見，所以這樣的問候不算奇怪。

「一陣子不見，真令我刮目相看。」

紅音以符合立場的社交口吻對達也說。不過背地裡隱藏了「竟敢騙我」的怨言，至少達也完全看透了。

「夫人則是一點都沒變。今天很榮幸見到您。」

就算這麼說，達也絲毫不惶恐。

紅音差點惡狠狠瞪過來，好不容易維持客套的笑容。

「航小弟，好久不見。終於要成為國中生了耶。」

大概是貼心避免氣氛繼續惡化，深雪以銀鈴般的聲音，對一臉緊張站在紅音身旁的航搭話。符合容貌的美麗聲音，使得場中不論年齡有數人再度石化。

「是的，四月就是國中生了！」

航緊張到全身僵硬也在所難免吧。雖然是沒什麼意義的回應，但光是說得出話或許就很了不起。

潮苦笑看著兒子這副模樣，向達也搭話。

「我女兒也來了，在那裡。可以去跟她聊聊嗎？」

潮的視線前方，雫、穗香，以及梓等畢業生們聚集在一起。

「那麼，容我恭敬不如從命。」

達也等人再度行禮之後，從潮的面前離開。

會場的人們似乎也終於想到自己的態度失禮。他們從移動的達也等人身上移開目光，回去和附近的對象閒聊。

不只是深雪本人，梓與服部他們更是對此鬆一口氣。

「雖然自認看慣了……不過看到她那個樣子，就重新被震懾了耶。」

花音是因為膽量夠大才講得出這種話，梓與紗耶香完全被深雪釋放的氣場（在這個場合是通俗意義的「氣場」）吞沒。

「應該是大家很少看見四葉家的人吧。」

深雪沒謙虛或客套，而是這麼回答。吸引這麼多的視線之後，即使深雪由衷稱讚花音的容貌，也會被解釋成嘲諷吧。深雪也有這種程度的自覺。

此時主辦人上台，進行不算長的問候，接著大約十人致詞祝賀。致詞者也包括潮，雫看起來有點不自在。

◇◇◇

這艘船在久米島西方約六十公里處朝西北方向航行。

外型是大一點的漁船。雖說是漁船，看起來也沒在打魚，像是正在以巡航速度回到母港。

這片海域直到數年前，日本海巡船都追著非法捕撈的大亞聯盟漁船跑，兩國戰艦使用射控雷達相互瞄準的試膽競賽也頻繁上演。

但是經過五年前的沖繩侵略事件，大亞聯盟完全停止挑釁行為。

而且在去年簽訂談和條約之後，大亞聯盟的船隻表面上也很有風度地在海面往來。

「中尉閣下，您真的要去嗎？我們沒辦法上去接您……」

「之後的事總是有辦法的。首先要讓作戰成功。」

布萊德利・張中尉說完，進入像是魚雷的密封艙趴著。

他是大亞聯盟逃兵部隊的第二把交椅。既然帶頭的丹尼爾・劉被日本軍逮捕，現在他就是老大。既然他自己要求參加這場單行道作戰，就沒人能夠反駁。

只不過，張並不是完全魯莽行事。他說「總是有辦法」是有某種程度的計畫。

破壞作戰成功的話，即使沒辦法光靠作戰就炸沉人工島，肯定也會造成嚴重的混亂。在眾人恐慌時搶一艘可以長程航行的船肯定不會太難。

「關上艙門。」

「是！」

張下令之後，背部上方的艙門關閉。瞬間，完美的漆黑封鎖張的視野，但立刻亮起微弱的照明。

魚雷型密封艙共五個。張自己進入其中之一，但另外四個各搭乘兩人。這九人就是進行最後作戰的敢死隊。

密封艙從船底的洞投入海中。

魚雷型密封艙的螺旋槳，安裝了連後方都完整包覆的金屬罩。這是防止對方以螺旋槳聲察覺這邊接近的措施。

五個密封艙只藉由內部乘員的魔法，開始在海中朝人工島「西果新島」航行。

◇◇◇

人工島地下第一層的飯店宴會場，在致詞結束之後進入自由交流時間。

聚集在這裡的上流階級人士似乎終於回復步調，偷看深雪的視線也減少了。畢業生組也以稍微放鬆的表情伸手拿料理。

「我還以為五十里學長也會上台。」

達也一邊享用前菜，一邊對五十里說。

「其實有邀請，但我拒絕了。因為聽我說話也不會有人高興吧。」

「沒那回事！我明明很想看你帥氣的一面！」

花音隨即緊咬這個話題。聽她的語氣，似乎不是第一次爭論這個話題。

「話說學長，方便給我一點時間嗎？」

「達也大人？」

對這個要求嚇一跳的不是五十里本人，是深雪。即使情急之下脫口而出也不是叫「哥哥」，看來她已經很習慣新的稱呼了。

其實五十里也嚇一跳，但因為深雪搶先，所以錯失面露驚訝的時機。

「……發生了什麼事？」

取代驚訝的，是五十里嗅到麻煩事的味道。

大概是從達也的表情得知自己的推理正確吧。

「知道了。跟我來。」

五十里家參與這座人工島的設計，也掌握和現在這間宴會場相鄰的小房間位置。小房間是提供補妝或換裝而準備的，但今天肯定沒使用。

「深雪，妳在這裡等。水波，深雪拜託妳了。」

「……遵命。」

「是，達也大人。」

「花音也在這裡等吧。」

「……知道了。」

達也與五十里分別阻止想跟過來的深雪與花音。兩人悄悄移動到隔壁房間。

◇◇◇

「所以，究竟發生什麼事？」

房內空無一人，但五十里就這麼站著，以悄悄話的音量詢問達也。

「這場宴會被大亞聯盟的逃兵鎖定了。」

達也同樣就這麼站著，老實回答五十里的問題。

五十里喉頭發出聲音。他吞回去的肯定不是「氣息」或「口水」，而是「哀號」。

「為什麼這時候才……」

五十里以沙啞的聲音質問。沒說完整的這句話，大概是在問「為什麼不預先告訴我」吧。

「請別誤會。」

達也右手輕輕往前舉起，以阻擋般的手勢安撫五十里。

「大亞聯盟的逃兵計畫襲擊這裡，但是已經準備好對策。他們什麼都做不了。」

五十里看起來不像是全盤相信達也的說法，但還是先表現出聽他說明的意願。

「破壞特務員打算從海裡接近人工島，設置炸彈炸破浮台。」

「……光是這種程度，這座西果新島不會沉的。」

「不過，今天的宴會應該會中止吧。前提是作戰得以實行。」

五十里回復平靜的同時，似乎也取回思考能力。他疑惑看向達也。

「你看起來很有自信……不過既然這樣，為什麼要告訴我這件事？」

「為了請學長在戰鬥開始的時候也能自重。」

「不需要你提醒，我自認不會犯險啊？」

五十里一臉堅守和平主義的表情回答。但即使不是達也，也不難看出假惺惺的氣息。

而且，達也有一張破解五十里撲克臉的好牌。

「我知道這座人工島設置了刻印魔法的防禦系統，也知道學長可以自由發動這個魔法。」

五十里睜大雙眼。

但他立刻露出接受的表情點頭。

「以你的立場，應該會知道這件事吧。既然這樣，你應該知道用不著國防軍協助，也不可能有人能設置炸彈吧？」

橫濱事變當時，五十里是位於現場的其中一人，知道達也是國防軍的特務軍官。

「到頭來根本無法接近吧。浮台表面產生的斥力場避免大型海洋生物接近，但也會對人類產生作用。雖然應該不會受傷，但是只要帶有生體電流，就無法接觸浮台或採掘設施。」

「正確答案。順便補充一下，附著的異物也會以超音波洗淨的原理剝離。即使不是我，只要能發動我家刻印魔法的魔法師在場，就不可能被安裝炸彈。」

「說得也是。而且破壞特務員也知道這件事。」

五十里的臉色變了。他沒有駑鈍到聽不懂這句話的意思。

「意思是……我被鎖定了？」

「是的。正確來說，是學長也被鎖定了。」

達也近乎無情地斷然點頭回應。

「請放心。已經安排國防軍魔法師在會場保護學長。就是這一位。」

達也這麼說的瞬間，五十里背後出現他人的氣息。

五十里連忙轉身一看，身穿服務生制服的魔法師向他敬禮。

「什麼時候……」

喬裝成服務生的魔法師沒回答五十里，而是報上姓名。

「我是國防陸軍上士南風原。由於是軍方機密，所以不能透露所屬部隊，請見諒。」

自稱南風原的軍人，是年約三十歲的精瘦男性。但是隔著衣服看不出他真正的體格，即使是對這方面不太熟的五十里也隱約明白這一點。

「這位上士是護衛專家。擅長以個人為對象的防禦魔法，也精通格鬥技術。要移動的時候請向上士說一聲。」

五十里點頭回應。

「那就回去吧。」

達也確認之後如此催促。

◇◇◇

回到宴會會場的達也，被一名身穿低調禮服，乍看給人「知名企業社長祕書」印象的美女搭話。

「學長請先回去吧。」

「知道了。」

敏銳的五十里沒追問美女身分，回到花音他們聚集的桌旁。部分原因也在於他看過這名美女。

「那是五十里家的長子？真可愛的男生。感覺他比較適合穿女用禮服。」

「請不要對他本人說喔。我想，他應該很在意。」

「不會說啦。我看起來神經這麼大條？」

「不，只是以防萬一。」

藤林露出壞心眼的笑容，達也隨口應付。

「來了嗎？」

然後，他完全以閒話家常的語氣問。

「嗯。再五分鐘就接觸防衛線。」

藤林神不知鬼不覺地在兩人周圍設下防止竊聽的「結界」。不是現代魔法的隔音力場，是藤林家傳承的古式魔法。比起效力強的現代魔法，不容易被感應器偵測的古式魔法比較適合這種場合。

「那麼，大約十分鐘會上浮嗎？」

「或許會再快一點。」

「收到。我也準備出擊。」

「知道了。我會告訴隊長。」

達也準備踏出腳步時，察覺藤林欲言又止的視線而停下。

「怎麼了？」

「達也……你都不會受到影響耶。」

「請問是指什麼事？」

達也不是在裝傻。藤林說得太籠統，連他也聽不懂這是在說什麼。

「聽說你五年前也曾經失去重要的人。」

「這是事實。所以呢？」

達也的語氣可以形容為無情。

「在相同的地點，面對相同的敵人，和之前完全一樣……要是我也能這麼堅強就好了。」

藤林這番話聽起來不是對達也說的，而是對她自己說的。

「並不是完全相同喔。敵人的性質與狀況都和那時候不同。」

不過達也很規矩地回應。

「而且對我來說，真正重要的只有一人。」

這「一人」是誰就無須多問了。

「……意思是只要沒失去深雪，其他人都不重要？」

「這是沒意義的假設。因為只要我活著，就不會發生這種事。」

達也毫不逞強地如此回答，這次真的從藤林面前離開。

◇　◇　◇

回到桌旁的達也，引來想要一問究竟的視線。實際上，桐原與服部正準備開口詢問。

「不好意思。」

但是達也先發制人。

「家裡連絡，我現在要忙一些事。」

直到去年，達也都會在各方面留神注意，避免洩漏「家」的祕密。

不過現在可以像這樣，拿自己是四葉家的人為藉口。

只要透露是處理四葉家的事，就能因為家裡「惡名昭彰」免於無謂遭人追究。老實說，達也每次都覺得「這樣很方便」，也覺得或許很輕率。

這次也沒人問「要忙什麼事」。

「我離開一下。深雪，我會在宴會結束前回來。」

「是，達也大人，等您回來。」

達也點頭回應，走向北山潮。大概同樣要知會自己暫時離開吧。

「妳叫他『達也大人』啊。」

深雪目送達也的背影時，梓這麼問。

「是的。因為稱呼『達也同學』總覺得怪怪的。」

即使是唐突又慢半拍（深雪已經在梓面前使用「達也大人」這個稱呼很多次）的話題，深雪依然不慌不忙，以老神在在的笑容回應。

大方到這種程度，梓除了笑也做不出其他反應。

「是喔～不，總之，該怎麼說……用在司波學弟身上確實很搭啦。」

花音一副像是「夠了沒」的表情仰望天花板。

「我大概辦不到……」

「花音維持現狀就好喔。這樣我也比較開心。」

「嘿嘿……是嗎？」

五十里安撫之後，花音貼了過去。

「啊～啊，這裡也是兩人世界嗎？真是的，日本傳統女性的端莊典雅跑哪裡去了？」

五十里與花音開始散發甜蜜氣息，桐原移開目光抱怨。

「你還不是帶女友過來？」

服部的吐槽，桐原不為所動。

「桐原同學喜歡端莊典雅的女生啊？那我也保守一點吧。」

「呃……喂！」

不過紗耶香的「戲弄」令他藏不住慌張。

畢業生組也和打造自己世界的五十里與花音一起笑，一旁的穗香與雫輕聲詢問深雪。
「深雪，妳不用去嗎？」
「我們也能幫上什麼忙嗎？」
「我想，我們乖乖待在這裡就幫了最大的忙。」
這句回答不是深雪的心聲。
不只是心情上，在作戰層面，深雪也將在最終局面盡到重要的職責。
但是「現在」應該安分。這不是謊言。
從未成年平民的立場來看，深雪的回答很中肯，穗香與雫也姑且接受。卻也有人不會就此罷休。
預感衝突即將爆發，一開始就不打算自重的某群人。
達也（以及深雪）稍微低估了校友們的熱血。

◇ ◇ ◇

人工島「西果新島」西方短短一公里處。
一名男性沐浴在滿月的月光下，「站在」波浪上。

身穿中式白色鎧甲的巨漢。是裝備魔法武具「白虎甲」的呂剛虎。

『那些傢伙快到了。』

「是。開始潛水。」

『我想你應該知道，雖然沒「火」那麼嚴重，但「水」同樣剋白虎甲。』

「在下明白。沒有這種程度的讓步就無趣了。」

『不過上尉連「火」都不放在眼裡，我不擔心就是了。』

「請交給下官處理。」

『好，去吧。』

呂剛虎依照陳祥山的命令，身體從海面下沉。

這不是什麼奇怪的事。

反而是至今站在海面才異常。

但他不是濺起水花一下子落入海中，而是平順地慢慢消失在水面下，這副模樣還是不太對。

呂剛虎沒咬呼吸管，也沒背氧氣筒。他是正常呼吸。仔細一看，他的身體沒接觸海水。呂剛虎穿著白虎甲的魁梧身體，覆蓋著一層空氣薄膜。

他在海中「停下腳步」，定睛注視前方。

潛到這種深度，月光與星光都照不到。夜晚的大海和海水一樣充盈著黑暗。現在是伸手不見

指的狀態——如果只憑著物理光線。
在呂剛虎的視野裡看得見施展魔法時散發的想子之光，以及肉體內側釋放的精氣之光。
呂剛虎「踩踏」海水。
左手往前伸直，右手往後拉。
覆蓋呂剛虎身體的氣層增厚。從海上帶進來的空氣，注滿海中抽取出來的氧氣。一般來說，這個狀況可能會導致氧氣中毒，但呂剛虎的肉體消耗高濃度的氧，逐漸蓄積「力」。
肉體產生的能量，和「術」的力量結合。
成為強大的「波動」，從伸直的右手釋放。
沒影響水，只撼動生體的「波」。
反射回來的凌亂「波動」，使得呂剛虎感受到勢在必得。
他踩著海水，在海中往前衝。
呂剛虎抬腿踢向帶頭的魚雷型密封艙。
前端被頂上去的密封艙縱向旋轉，甩出兩名男性。
這兩人連忙往海面游。
其他密封艙也接連有逃兵鑽出來，浮上海面。
呂剛虎露出猙獰的笑容緊追在後。

◇　◇　◇

呂剛虎接觸魚雷型密封艙的時候，達也正騎著水上摩托車在海面奔馳。不是只有達也一個人。檜垣喬瑟夫與柳駕著小船，和他並肩向前。

「少校，看見了嗎？」

『你也看見了嗎？』

達也與柳各自以不同的視覺，感應到海中擴散的「波動」。

「敵方特務員上浮。」

『由我去。麻煩你支援。』

「收到。」

達也回應的同時，柳蹬著船板跳出去。他手握約兩公尺長的棒子。

柳在海面著地。正確來說應該是落海，但他的腳完全沒下沉，只能形容為「著地」。他在波浪上踩穩，將棒子插入海面。左手按著棒尾往下壓，握著棒身約五十公分處的右手猛地往上拉。

柳從海裡「釣起」敵兵。特務員飛到半空中，柳的棒子往他頂過去。

特務員的哀號被水上摩托車的運轉聲蓋過。不過看他逐漸飛遠的無力身影就知道受到重創。

柳擊飛的敵兵，落在喬瑟夫駕駛的小船上。喬瑟夫迅速綁住落下的男性。這段期間，柳朝著海面露出頭的下一個敵人接近。

一股格外強烈的氣息迅速上浮。

是可以從背後襲擊柳的位置。

柳以棒子掃向海面露出的腦袋。幾乎在同一時間，巨大的人影彷彿鯨魚跳躍般竄出海面。

達也以魔法瞄準這具巨大的身軀，卻沒有扣下意識的扳機。

因為他明白，一股比這個人更雄猛的氣息隨後從海中竄出。

達也已經知道，體格壯碩的男性是大亞聯軍逃兵——布萊德利．張中尉。

追捕者是大亞聯軍的呂剛虎上尉。

若比體格，布萊德利．張勝過呂剛虎。

但是說到體內的能量，呂剛虎強了不只一截。

達也決定把張交給呂剛虎應付，自己和柳一起解決剩下的「嘍囉」。

不過，此時發生連達也都沒想過，出乎預料的事態。

「擊滅！」

隨著這聲莫名其妙的咆哮，熟悉的人影朝著站上海面的敵人賞了一記飛踢。

敵方特務員沉入海中，利用踢飛敵人的反作用力擅自坐在達也所駕駛水上摩托車後座的青年，是達也加入風紀委員會時的前輩──澤木。

「……學長，您在這種地方做什麼？」

「嗯？你沒嚇到？」

「因為，我看飛踢的姿勢就知道是學長。」

達也的回答不是逞強。因為知道是澤木，所以達也才會讓他坐後面，如果是陌生人早就在半空中打下來了。

「周圍這麼黑，居然知道得這麼詳細？不愧是司波學弟。」

「……不，周圍並不黑。月光很亮，這種程度看得見的。」

今天是滿月，又是晴天。雖然不到「萬里無雲」，但月光目前沒被遮掩，灑落在南方海面。如達也所說，要辨識人類輪廓並不難。

「喝啊啊啊啊！」

不遠處傳來熟悉的聲音。

達也覺得腦袋產生幻痛。

「桐原學長也來了嗎？」

「嗯。還有服部喔。」

身後的澤木說出這個不是幻痛，而是真正令達也頭痛的回答。

達也將水上摩托車騎往桐原聲音傳來的方向。

途中，他發射兩記威力不強的魔法掩護，和服部騎的水上摩托車會合。

「不只是澤木學長與桐原學長，連服部學長也……各位究竟在做什麼？而且還穿這樣。」

達也將宴會用的西裝換掉了。雖然不是潛水服或防水服，卻是即使落海也不會妨礙游泳的海上用戰鬥服。

不過一高校友三人組依然穿著西裝。

「你們做的事情看起來很有趣，所以我們想加入！司波，我可不准你獨占這種好處啊！」

桐原愉快地大喊。他以長約一二〇公分的杖術用手杖代替木刀。這把杖大概是從人工島的警備部借來的。

「女生都留在安全的地方。所以和橫濱那時候不一樣，這次可以毫不客氣剷奸鋤惡了。」

澤木似乎自以為回答得很正經。

桐原與澤木的發言，令人懷疑他們是不是腦袋燒壞了，達也感覺頭愈來愈痛。部分原因也是驚訝於澤木原來是這種個性。

「……服部學長，明明有您陪同……」

「不，我有阻止喔！但我覺得總比放任這兩個傢伙亂來好得多，所以就一起來了！」

就達也看來，服部同樣放魔法放得很起勁。但他沒有刻意說出口。
相對的，他決定改向風間抱怨。
「風間中校。」
『……什麼事？』
回答之前有一小段的延遲。達也因而確信風間也早就知道校友們的亂來行徑。
「為什麼『預定之外』的平民跑來這裡？」
達也詢問的時候強調「預定之外」，說來或許理所當然，他收到的回答有些結巴。
『表面上，這片海域現在沒發生戰鬥。』
國防軍要隱瞞本次的襲擊，所以這場戰鬥當然不會留在正式記錄。
「就算這麼說，也不構成平民可以接近的理由吧？」
『和空域不同，非戰鬥海域無法禁止自由航行。既然我們無法親口告知正在戰鬥的事實，就更不能加以限制。』
不應該由這邊告知現在發生的事情。看來風間想這樣主張。
但是，沒告訴畢業生們這邊正在戰鬥，以及阻止他們想闖入戰場的魯莽行徑，肯定是兩回事。
「理由想編多少就能編多少才對。中校，雖然我不這麼認為，但您該不會故意不阻止吧？」

『我不打算「積極」拉攏平民加入戰鬥行列。』

換句話說，就是他容許了。

（是要掌握他們的戰鬥力，以備將來所需嗎……）

達也領悟到繼續問答毫無助益。

從姓氏就看得出來，服部、桐原與澤木都不是出身於「含數家系」。不屬於以十師族為中心的魔法界主流。

對於獨立魔裝大隊……不，對於率領一〇一旅的佐伯少將來說，應該是想要延攬的人材吧。或許佐伯曾經吩咐風間，要以此為機會建立更深的交情。

「也就是說，沒辦法要求他們離開嗎？」

這等於認可他們就這樣參與戰鬥。

達也話中有話地這麼詢問。

『這是逼不得已。』

得到的回應正如預料。

達也先讓澤木回到服部的水上摩托車（三人騎一台會拖累機動力，剛好方便行事），回頭發射魔法掩護柳。

雖然這麼說，但敵方特務員已經大致解決，剩下三人之中的兩人，澤木與桐原高興地揮動拳頭與手杖對付。

對方的實力不強。那邊任憑他們自己打應該沒問題。

然後，剩下一人。以實力來說，這個人強到堪稱處於不同次元。

不過，這邊交給他人處理同樣沒問題。反倒是不必出手。

呂剛虎猛瞪海面往前衝。

布萊德利．張的腳步在水面滑動，像要反擊般往前踏。

呂剛虎伸出左手，張伸出右手。

兩人的手掌互擊。

沒有就這樣變成四手互抓的姿勢。

兩人的掌打在瞬間不分上下。

張大幅往後震飛，摔在海面上。

呂剛虎接近張。

張的身體沉入波谷。

海面晃動。

不是海浪擴散。半徑長達五公尺的固化水面，如同敲鐘般震動。

固化的水面破碎，激起劇烈的漣漪。
張從波浪與水泡之中跳出來。
呂剛虎進逼到他的正前方。
往上頂的肘擊。
表情痛苦扭曲的張往上飛，沉入大海。
旁觀兩人交戰的達也察覺一件事。
布萊德利．張在水面製作「踏腳處」。
呂剛虎在水面製作「通路」。
達也可以製作「踏腳處」，卻不知道製作「通路」的方法。
這代表呂剛虎使用的術法，不同於達也使用的魔法體系。
（雖然很想仔細觀察……但我不能這麼做嗎……）
達也非「看」不可的場所不只是這裡。他克制好奇心，避免任何失敗的可能性。
光是在這裡，也有其他更該看的東西。
呂剛虎與陳的戰鬥步入尾聲。
達也不能錯過最後的對決。

雖然達也判斷實力不強，但他是以自己身處的環境——四葉家、獨立魔裝大隊，以及九重八雲的等級為基準。

對於桐原與澤木來說，是足以戰個痛快的對手。

桐原與澤木都還沒學會一邊戰鬥一邊在水面自由奔跑的技術。桐原最多能在水面走八步，澤木是五步。不過澤木可以一度跳到空中，然後再度在水面走五步。

只是無論如何，桐原與澤木在戰鬥的時候，都需要回到服部駕駛的水上摩托車。

服部借來的摩托車，載三個男生依然綽綽有餘。以規格來說是大型，即使兩人同時跳上車也不會妨礙騎乘。不過服部得隨時掌握桐原與澤木的位置，東奔西跑以免兩人落海，所以實際上比上演近身戰的兩人還要費神。

正如達也所見，光看格鬥戰的能力，桐原與澤木優於敵方。

但是兩人交戰的敵兵，每當情勢不利就沉入海中，從腳底攻擊兩人。大亞聯軍逃兵習得在水中與水面穿梭自如的魔法。

對應日本的古式魔法，敵方應該是使用忍術中的「水遁」。他們原本所屬的香港軍使用的魔法，是以大陸的古式魔法與英國的古式魔法為基礎，吸收現代魔法的片段甚至敵國日本的魔法，成為無法歸類在「某某流派」的混沌狀態。甚至「無頭龍」這種犯罪組織還比較算是忠於傳統。

逃兵自己也不知道自己使用的魔法是哪個系統，就只是當成技術使用。

不過，「因為能用所以拿來用」。這或許是「技術」身為工具的正確定位。因為這種原理本身不會對勝敗趨勢造成任何影響。

「嘿啊！」

桐原高舉手杖，朝對方肩頭揮下。

以手杖發動高頻刃的威力，也比不上以真劍發動的威力。

即使如此，高速振動的手杖光是碰觸到敵人，就能撕裂衣服與皮膚，撼動細胞，將傷害傳送到骨子裡。

即使敵方反手架刀格擋，振動也會從刀身傳導到手指與手掌，造成麻痺。

敵人的刀子沒脫手，只不過是因為手指勾在刀柄的護拳套。

敵人單腳跪地，就這麼濺起水花沉到水面下。

「又來了？唔喔！」

敵人在水中的速度超乎預料，桐原終於亂了陣腳。一般來說不會想到有人從腳底攻擊。即使是和魔法併用的「劍術」也不例外。

桐原倒在海面。他的身體就這麼逐漸沉入海中。

敵人的手臂勒住他的脖子。

另一隻手所握的刀，即將朝桐原揮下。

就在這個時候，他們的正下方發生爆炸。

推上海面的海水，將桐原與敵人震出海面，飛到半空中。

桐原還籠罩在漂浮感的時候，敵人已經受到急遽向下的G力，身體重摔在海面。

表面張力支撐敵方身體的這一瞬間，電流竄過海面。

不足以剝奪人類行動能力的微弱電擊。

但是威力足以在短時間內妨礙行動，在格鬥戰爭取可乘之機。

海中爆發、落下加速、電擊。這一連串的魔法是服部施放的。

服部是拉開距離行使魔法，而且繼續騎著水上摩托車移動。即使喊得很大聲也可能傳不到。

「桐原，趁現在！」

「好！」

不過桐原沒聽漏他的聲音。

沒放過這個機會。

桐原在空中使用「跳躍」魔法轉向，身體任憑重力下墜，以包覆「高頻刃」的手杖朝敵兵揮下。

海水接觸高速振動的手杖之後氣化，劇烈冒泡。

這個阻力削減手杖的力道。以結果來說應該是好事。

氣化產生的氣泡推開海水，桐原的手杖捕捉到敵兵身體。

不是砍下去，而是以氣泡為緩衝壓下去的手杖劇烈搖晃敵兵，剝奪他的意識。

沉入海中的桐原，抱著解決的敵兵從海面探出頭。

澤木還在和敵兵交戰。

敵方特務員從海中攻擊，澤木從空中攻擊。

簡單來說，對不上。

被澤木拳腳打到傷害逐漸累積的敵兵，完全改為從水中攻擊。

對此，澤木不是在海面奔跑，而是猛蹬海面跳躍，在敵人露出水面時，從空中轉向朝著敵人俯衝跺腳。

瞬間的交錯反覆上演。

澤木想踢倒敵人。

敵人想抓住澤木的腳，將他拉進水裡。

「那樣不太妙。是不是該去幫忙？」

終於有餘力旁觀同伴戰鬥的桐原，浮在波浪之間皺眉低語。

隨時跳躍的澤木，以及在水中伺機而動的敵人。

消耗體力的速度，怎麼看都是澤木比較快。

不只是桐原有這種感覺。

敵人的臉露出水面。

下一瞬間，壓薄成形的海水圓碟，緊貼著海面襲向敵人。

敵人連忙躲回海裡。

海水圓碟在正上方停止，垂直落下。

不用看也知道，突然增加的水壓對海裡的敵人造成傷害。

在滿月光芒下方展開的這幅光景，使得桐原不禁吹口哨稱讚。

不用確認，現在這招也是服部的魔法。

那片圓碟的動作，不是中途以魔法覆寫而成。

是預測敵人會潛入正下方，預先寫好攻擊軌道。

總是預測敵方下一步行動的敏銳度，以及做得到這一點的魔法控制能力。

「不愧是『GENERAL』。比我這種人高明太多了。」

桐原非常清楚當事人一定會討厭這個別名，所以私底下悄悄這麼說，絕對不讓服部聽到。

「GENERAL」。

當成形容詞的意思是「非專業」、「普通」、「平凡」等等，真要說的話給人消極的印象。

比方說「GENERALIST（通才）」原本是「不限定領域，具備廣泛知識、技術或經驗的人」，使用的時候卻大多脫離本義，揶揄對方是「樣樣通樣樣鬆」。

不過，以使用CAD為前提的現代魔法，原本就是以「無所不能的士兵」為目標開發的技術。「非專業」的意思是「不受專業領域束縛」，也就是「無所不能」。這正是現代魔法追求的目標。

和服部同學年的桐原等人認為，無論從他們同一屆的世代、真由美與克人他們大一屆的世代，或是達也與深雪他們小一屆的世代來看，服部都是最忠實呈現現代魔法教育方針的魔法師。大一屆的學姊摩利確實擁有豐富多變的魔法，但她對付人的時候超強，對付機械化部隊的時候卻很難發揮，能力比較極端。

不過服部沒這個問題。他原本擅長的領域是中長程團體戰，但是在狙擊戰或近身戰同樣能維持高水準。專精近身戰的桐原在格鬥訓練時也很難打得贏服部。

此外，「GENERAL」這個別名還有另一個意思。

服部不是「含數家系」。

也不是古式魔法的名門。雖然同姓，卻和「忍術」名門服部家沒有關係。即使是百家之一，家系歷史也悠久，但在魔法界不是主流派系。

然而服部相較於「含數家系」卻是有過之而無不及。桐原與澤木他們這些姓氏不含數的同學們，期待他成為將來的領袖，也就是「將軍（GENERAL）」。

桐原與服部應該沒看到吧。在半空中的澤木嘴脣微微蠕動。或許他和桐原一樣，輕聲說著服部自己不知道的別名。

從海面探頭的敵兵行動有氣無力。肯定是服部的魔法正如計算，以水壓重創水中的敵人。

澤木朝空中一蹬，攻擊漂浮在海面的敵人。

他的雙腳往下踩，試著捕捉敵人。

敵人的手臂撲空。

澤木大幅縮回併攏的雙腿。

不只是下半身，還運用上半身的彈力，伸直雙腿。

自我加速魔法讓雙腿達到音速。

打向海面的空氣牆，完全剝奪敵兵的戰鬥能力。

呂剛虎與布萊德利．張的戰鬥也進入最高潮。

要是正常戰鬥，張贏不了呂剛虎。別名「食人虎」的呂剛虎，是被評為世界最強近戰魔法師之一的高手。

他在橫濱事變失手，是因為先前對上同樣被稱為近戰世界最強之一的「幻影劍」千葉修次交戰時受重傷，而且達也與真由美也加入戰局。如果只有摩利、艾莉卡、雷歐等近戰魔法師，呂剛虎即使負傷也不會輸吧。

武術與魔法都是呂剛虎比較強。

張大概也終於實際感受到了吧。

從張散發的氣息，已經完全感受不到從容。

不，形容為「從容」或許有誤。張一直分神注意和呂剛虎交戰之後該做的事。他的目的不是打贏呂剛虎，而是讓人工島破壞作戰成功。

但是這樣下去只會被當場擊沉。張體認到這一點。

布萊德利．張的眼睛顏色變了。他的身體噴出無法壓制的想子，海市蜃樓般的晃動空氣覆蓋張的全身。

「喔……」

呂剛虎愉快地瞇細雙眼，揚起嘴角。

呂剛虎身穿的白色鎧甲，疊上一層鋼鐵色的想子，逐漸增加密度與硬度。

張在波浪上蹲低。

雙手按在海面，如同四腳肉食獸蓄力準備襲擊。

海水爬到他的手臂。

從手腳爬上來的海水覆蓋張的龐大身軀，抬到半空中。
海水不是用來封閉張。水裂成上下兩塊，仿照大蛇的下顎。
在放棄重現細部構造的大蛇……或者是龍的口中，張俯視呂剛虎。
呂剛虎抬頭看去，毫不隱藏地笑了。
愉快、猙獰地露出牙齒。
幾乎在同一時間，呂剛虎向前踏步，張的龍蛇擺頭向下。
水龍形狀的大浪吞沒呂剛虎。
緊接著，波浪之間響起一聲咆哮。
不是「龍」，是「虎」的咆哮。
水柱噴發，海面挖出研缽狀的凹洞。
全身溼透的呂剛虎，氣喘吁吁站在研缽底部。
海面復原。
在回捲的大浪抵達之前，呂剛虎往上跳。
停留在半空中的張，以水花的彈幕射向呂剛虎。
呂剛虎的鎧甲「白虎甲」是古式魔法的產物，遵循五行的法則。
「金生水」——金賜給水力量。

反過來看就是水奪走金的力量。並非抵銷相剋，是強化其中一方、弱化另一方的相互關係。

「白虎甲」的性質是金。因此牢不可破，帶來確實的勝利。性質是冷酷，掌管的情緒是憤怒。

具備金行性質的白虎甲，遇上水行會相應變弱。如果只是在水多的環境不會受影響，但是被水行術法攻擊的話，能力就會逐漸下降。

雖說是解除限制狀態，不過布萊德利．張的攻擊對呂剛虎奏效，是因為五行原理的優勢。

不過，這種程度的攻擊不足以讓呂剛虎——揚名世界的「食人虎」停止攻擊。

水花子彈造成侵蝕身體的痛楚，使得「憤怒」的情緒愈燒愈烈。

呂剛虎將敵方攻擊轉換為己身鬥爭的能量，以右腿掃向張架設在周圍的術式以及他本人！

真的是一腳定江山。

呂剛虎使盡全力的這一腳破壞張的水術，踢飛他龐大的身軀。

張龐大的身軀描繪平緩的曲線飛走。

不知道是巧合，還是最後的志氣。

布萊德利．張以從上空襲擊達也的形式下墜。

達也的應對很簡單。

就只是催了油門。

水上摩托車緊急起步，布萊德利．張徒勞無功沉入海中。

◇ ◇ ◇

正如風間他們的意圖，海面的戰鬥沒影響到宴會。

不過，知道內情的人沒有放鬆警戒。五十里依照達也的警告留在會場，深雪與水波也盡量不離開一高相關人員身邊。

雖然這麼說，卻也不是完全沒有分頭行動的時間。某些狀況實在無法避免。

例如這種場合。

「花音，妳要去哪裡？」

五十里問完，花音沒臉紅，而是掛著笑容回答。

「去摘朵花。」

「我……我也要！」

「我也一起去。」

花音以不得已的理由表示要暫時離開，紗耶香與梓要求同行。

「啟也要來嗎？」

「……妳們去吧。」

花音咧嘴一笑，五十里臉紅趕走她。

深雪與水波轉頭相視。

兩人都聽達也提到五十里可能被敵人鎖定。

原本也不應該讓花音她們脫離監控吧。

但是深雪只有一具身體。水波不可能和深雪分頭行動。

到最後，兩人決定留在原地。

◇◇◇

賈絲敏與強森這對澳大利亞軍魔法師搭檔，不等從海面接近的特務部隊回報結果就獨自行動。

兩人早就知道了。大亞聯盟逃兵部隊的作戰，在失去主力的階段就不可能成功。

他們正在走廊一角低調輕聲討論。

「有可能壓制嗎？」

「應該不行。」

強森只出聲回答賈絲敏這個問題。

「因為來了許多大人物，所以管制室前方滿是軍人。而且其中還包括『大天狗』。」

「風間玄嗎……那就不行了。」

獨立魔裝大隊隊長風間玄信中校，姓名被省略為「風間玄」，和綽號「大天狗」一起為外國魔法師所知。題外話，在這個二十一世紀末，「大天狗」在英語圈的軍人之間，並不是翻成「The great long-nosed goblin」，而是音譯的「Dai-Tengu」比較通用。有人說這是次文化輸出的成果，但真相無人知曉。

「雖然現在講有點晚，但我們最好就這樣逃走吧？」

「別再提這個。」

賈絲敏冷漠回答到不必要的程度，因為她自己的腦海也掠過相同想法。

「啊啊，我差點忘了，混帳！……賈絲，妳那邊怎麼樣？」

「至少我處理不來。要毀掉這座島安裝的魔法系統，還是需要逼五十里啟協助。」

「也就是說，非得抓走那個少爺才有希望嗎？」

「比起挑戰風間，這麼做比較實際。」

「哎，說得也是……喔！」

強森察覺有人接近而緘口。

賈絲敏也反射性地作勢提防，卻立刻回復為「平凡少女」的模樣。

「她們是……五十里啟的同伴嗎？」

賈絲敏他們是坐在洗手間不遠處的沙發討論。從賈絲敏的位置清楚看得見進入洗手間的花音、紗耶香與梓的面容。

「真的嗎？」

「肯定沒錯。」

看來強森不太記得她們，不過被她們多管閒事拉著在大太陽下到處跑的賈絲敏有自信。

「來得正好。強森上尉，你暫時躲起來。我要拿她們當人質引出五十里啟。」

就強森看來，三人具備的戰鬥力都不構成威脅。綁馬尾的少女看起來身手不錯，卻應該不是拿出真本事的賈絲敏無法應付的對手。

「收到。」

強森小心翼翼，無聲無息打開員工專用通道的門，躲到門後。

◇　◇　◇

補妝完畢走出化妝室，紗耶香察覺一個盛裝打扮的小女孩在看她們。

雖說年紀小，卻是十二、三歲。白人看起來比日本人成熟，所以或許實際年齡更小。

「啊……難道說，妳是賈絲？」

「是的。紗耶香。」

就覺得似曾相識，原來是前幾天差點被抓走時搭救的少女。

「咦？但妳的髮色……」

如花音所說，髮色和當時不同。仔細看會發現眼睛顏色也變了。

栗色的頭髮變成紅色。

褐色的眼睛變成綠色。

因為顏色改變加上盛裝打扮，所以給人的印象大不相同，但既然她自己承認了就應該沒錯。

「賈絲，怎麼了？妳爸爸呢？」

「發生了有點傷腦筋的事。」

「咦，發生什麼事？」

講好聽是天不怕地不怕，多少傾向於缺乏戒心的花音，走到賈絲敏面前。

雖然這麼說，不過在這種狀況，對方外表是十二、三歲的少女。要責備花音貿然行動應該有點過分吧。

「其實……不准動！」

不過，結果如各位所見。

賈絲敏迅速將花音手臂往上扭，踢向膝窩讓她跪下，將暗藏的刀子抵在花音喉頭。

「賈絲，妳究竟在做什麼？」

紗耶香的哀號，賈絲敏以冷酷的笑容回應。

「這就是人不可貌相。妳最好記住喔。」

賈絲敏以視線牽制紗耶香與梓，將兩人同時納入視野範圍之後提出要求。

「帶五十里啟過來。」

「啟？妳到底想對啟做什麼？嗚！」

花音想掙脫束縛，但因為關節被逆向鎖死，只以發出呻吟作結。

「我不打算直接傷害妳。快帶他來。」

「不行！不能讓啟為了我犯險！」

梓與紗耶香轉頭相視。

目前賈絲敏沒有傷害花音的舉動。但是看她冰冷的雙眼，就知道她不會猶豫動刀。

「不用叫，我就在這裡。」

「啟！」

紗耶香她們遲疑時，背後傳來五十里的聲音。

「啟，你為什麼來了？啊嗚！」

「可以請妳安靜一點嗎？話都不能好好講了。」

賈絲敏勒緊花音的手臂讓她閉嘴，然後看向五十里。

五十里也看著賈絲敏。他的雙眼燃燒怒火。

「先放開花音。想交涉等放開她再說。」

「想清楚狀況再發言吧。提出要求的是我，不是你。我想想……首先，請讓旁邊的軍人退後。」

牙關咬得嘎吱作響的五十里，朝站在身旁的南風原點頭。不，或許是低頭。

南風原不發一語，退後兩步。

穿服務生制服的男性其實是軍人。得知這件事的紗耶香與梓一臉驚訝，但兩人都避免多嘴亂場。

「應該可以了。那就進入正題吧。五十里啟，請和我們一起來。」

「……我一起走，妳就會放開花音嗎？」

「是的。詹姆士。」

為了隱藏身分，賈絲敏以名字稱呼。詹姆士回應她的呼喚現身。

「帶五十里先生過來。」

「知道了。」

「啟，不要！」

這時候，賈絲敏的注意力朝向花音以免她亂來。要是花音這時候賭氣，協商就會破局。強森的注意力朝向五十里、南風原以及紗耶香。身為近戰型戰鬥魔法師的強森知道，紗耶香是不可貌相的「好手」。

兩人都沒提防梓，或許是在所難免。如同賈絲敏不會被提防，梓的外表會令人在判斷威脅性的時候失常。

在場人物之中，賈絲敏最該提防的人，明明其實是梓才對。

——弦音入耳。

——某處響起如同豎琴的撥弦聲。

情緒干涉魔法「梓弓」。

賈絲敏的意識在這個音色的引誘之下脫離現實。

賈絲敏不知道這個聲音來自何處。

甚至不知道這是幻聽，還是耳朵真正聽見的聲音。

明明不是做這種事的時候，但賈絲敏的意識被奪走，只想知道這個聲音來自何處。

下次什麼時候聽得到這個聲音？她的意識只關心這件事……

在所有人忘記行動的狀況中，梓從包包取出手機造型的ＣＡＤ，行使下一個魔法。

將抵在花音喉頭的刀子強行拉開。

右手刀子被搶走的感覺，使得賈絲敏回過神來。但是還不完整。手指使不上力，刀子逐漸脫手。

刀子落地。

「喝！」

紗耶香見狀動了。

她的手刀瞄準賈絲敏的頸子。

賈絲敏放開花音，迅速後退。

「賈絲！」

強森從「梓弓」造成的恍惚回復，抱起賈絲敏嬌小的身體。

南風原踏出腳步想抓兩人時，飛鏢射向他。是強森從飯店娛樂室拿來的。

南風原輕易打掉三根飛鏢，但強森乘機和懷裡的賈絲敏一起逃進員工專用通道。

「花音，沒事嗎？」

五十里露出鬆一口氣的表情，跑向擺脫拘束的花音。

「嗯……抱歉。對不起。」

近距離看著五十里的花音，突然哭出來了。

五十里不慌不忙，溫柔摟住她的頭。

「害怕嗎？」

「不。不是。不是這樣！」

「那麼，怎麼了？」

「我害你遭遇危險。都是我的錯，都是因為我太冒失！」

花音哭著懺悔，五十里不斷溫柔撫摸她的頭髮。

「為什麼要道歉？妳沒有任何錯喔。」

「可是！」

花音依然想懺悔，五十里將嘴湊到她耳際。

「妳平安真的太好了。」

花音停止謝罪。她就只是在五十里的懷裡嗚咽。

「唔哇……好成熟耶。」

幸好梓搞砸氣氛的這句感想沒傳入兩人耳中。

紗耶香像是在說「好羨慕……」的眼神，同樣沒傳達給打造出兩人世界的五十里與花音。

◇◇◇

「看來，勉強擺脫了……賈絲，還好嗎？」

「我太大意了。沒想到中条梓會使用精神干涉系魔法……」

「是情報不足，不是我們的錯。不提這個，接下來怎麼辦？」

不甘心咬著嘴脣的賈絲敏低頭思考。

終於，她以洋溢決心的眼神抬起頭。

「雖然不想這麼做……不過在宴會會場用我的魔法吧。」

「只有這個方法了嗎……」

強森一樣有所躊躇。賈絲敏的魔法「臭氧循環」使用在宴會會場，等同於毒氣攻擊。

再怎麼解釋都無法正當化。

來自全世界的批判，肯定比炸彈恐怖攻擊還要激烈吧。母國政府為了迴避各國的批判，只能將賈絲敏與強森拿來獻祭。

然而從外部爆破的作戰不可能成功（實際上已經失敗），從內部奪取機器控制權限的作戰，或是破壞魔法系統使其失控的作戰，都沒有順利成功。

剩下的方法只有「臭氧循環」。既然澳大利亞本國司令部下令要遂行破壞作戰，即使將會面臨毀滅也非做不可。

「賈絲，先去逃脫船那裡吧。使用『臭氧循環』之後，港口應該會立刻封鎖。最好在那之前做好逃離準備。」

「收到。」

兩人由強森帶頭，沿著維修專用階梯下樓，溜進和港口相鄰的員工專用等候室。沒直接前往港口是為了避免被人目擊。

兩人來到的房間裡面沒人。別說人影，也感受不到別人的氣息。

「正巧沒有任何人。」

「但我覺得太巧了……」

相較於強森樂觀的感想，賈絲敏似乎忍不住起疑。

「大概是趕去處理剛才的騷動吧。」

不過，也不能在這裡拖拖拉拉。賈絲敏硬是要求自己同意強森說得對。

「麻煩警戒。」

「交給我吧。」

如果只是產生臭氧的魔法，難度不會很高。但如果是只依靠相對位置情報鎖定看不見的場所，一口氣產生高濃度臭氧讓人措手不及，就需要高度集中精神。術士在這段期間毫無防備。要在敵方陣地使用臭氧循環，一定要有搭檔負責護衛。

啟動ＣＡＤ，讀取啟動式。閉上雙眼集中精神，在魔法演算領域建構魔法式。意識到潛意識領域的魔法演算領域加以操作，這個行為在某方面來說自相矛盾。意識與潛意識必須同時專心進行相同的行為。

賈絲敏甚至忘記呼吸，完成「臭氧循環」的魔法式。

座標已經設定完畢。

賈絲敏朝著宴會會場（而且避免在意那裡有許多人）發動「臭氧循環」。

然而……

此時發生出乎意料的狀況。

「……魔法發動失敗？」

「妳說什麼？」

強森甚至忘記警戒周圍，忍不住詢問。

「『臭氧循環』……應該發動失敗了。沒有成功的手感。」

「荒唐！」

強森不由得放聲大喊，忘記自己正在藏身。這件事就是如此令他意外。

不，可以說匪夷所思。

賈絲敏．威廉斯是「臭氧循環」開發者——威廉．馬克羅德直接指導，調整成最適合發動「臭氧循環」的調整體魔法師。雖然重現的規模無法達到戰略級魔法的定義，但是發動速度與確實度勝過創始人馬克羅德。

不只是理論數據，賈絲敏至今在實戰使用過「臭氧循環」好幾次。直到今天這一刻從未失敗。四天前使用「臭氧循環」擺脫日本軍的時候，也毫無不安要素。

「我再試一次！」

賈絲敏再度閉上雙眼集中精神。

強森甚至忘記護衛的職責，注視著她。

賈絲敏睜開雙眼，一臉愕然地無力跪在地上。

「沒發動……為什麼？我的能力消失了嗎？」

「不。」

突然間，來自第三人，美麗清澈如同銀鈴的這個聲音，介入兩人的對話。

聽到聲音之後，出現了本應不存在的第三人氣息。

強森反射性地要朝這股氣息發射空氣彈。但是他的魔法也沒發動。

一名男性與兩名少女，出現在語塞的兩人面前。

男性是大亞聯盟特殊部隊的陳祥山上校。

少女是深雪與水波。

「兩位並不是喪失魔法技能。」

向賈絲敏與強森搭話的是深雪。她以像是教誨又帶點憐憫的語氣說下去。

「四葉家的祕術『閘門監控』。兩位覺得如何？」

「四葉家的……祕術？」

賈絲敏沙啞詢問，深雪回給她一個微笑。賈絲敏是用英語問的，但深雪不以為意用日語回答。

「是的。平常不會向這樣說明，但是今天破例。因為我們也見識到寶貴的技術了。」

深雪說著朝陳祥山一瞥。

陳祥山稍微露出苦笑回應。

深雪將視線移回賈絲敏。

「在潛意識領域構築的魔法式，會傳送到潛意識領域最上層暨意識領域最底層的『基幹』，從意識與潛意識之間的『閘門』投射到施法對象。」

「這又怎麼了？」

強森只有不耐煩地詢問。

「……不會吧？」

但是賈絲敏似乎察覺深雪想說什麼。

「『閘門』是個別情報體的平台——情報體次元以及魔法師精神的境界線。『閘門』外露於情報體次元。否則魔法式就無法作用於己身的外側。」

「荒唐！再怎麼樣也不可能做出這種事！」

「看來您已經理解了。魔法師無力化魔法——『閘門監控』，是在對象魔法師的閘門設下機關，破壞通過該處的魔法式。只要『閘門監控』沒解除，兩位就無法使用魔法。」

深雪的說明並非完全是真的。

她說這是「四葉家的祕術」，但正確來說是「達也的祕術」。至少在現在的四葉家，只有達也能夠持續監視他人的「閘門」。

謊稱為「四葉家的祕術」，是避免達也過度引人注意。

只不過，這種事跟賈絲敏或強森無關。因為現在兩人的魔法確實被封鎖了。

賈絲敏雙手撐在地面。

強森默默襲擊深雪。

但他的身體還沒被水波的護壁擋住，就因為急速失溫而軟腳。

強森淒慘地趴在地上，深雪溫柔告知。

「放心。冬眠只是暫時性的，這已經有實際案例佐證了。」

陳祥山再度苦笑。

因為實際案例的樣本就是他。

「麻煩各位了。」

深雪朝門外這麼說。

門以這句話為暗號開啟，穿西裝的軍人入內逮捕賈絲敏與強森。

賈絲敏看見的門外光景不是港口，是樸素的房間。

門打開之後，隱約聽得到音樂。

這裡就在宴會會場旁邊。得知這個事實的賈絲敏受到更強烈的打擊。

「沒發現吧？這叫作『鬼門遁甲』。兩位以為自己走下樓梯，其實是上上下下。所以即使『鬧門監控』沒產生作用也沒關係，參照相對座標將魔法瞄準目標的做法，同樣無法發動『臭氧循環』。」

「哈……哈哈哈哈哈……這是怎樣？所以我們從一開始就逃不出你們的手掌心嗎……」

這次真的受到決定性的打擊，賈絲敏發出空虛的笑聲。

【7】

達也回到人工島的時候，深雪也已經返回宴會會場。

「達也大人，辛苦了。」

「深雪，妳才辛苦了。看來幾乎按照計畫進行。」

「是的。最後做了一點預定以外的工作，不過比起只有解說，像那樣費點工夫比較舒暢。」

達也正如自己先前的聲明，輕鬆趕在宴會結束前回來。

西裝筆挺，皮鞋也擦得亮晶晶，甚至比剛才離開時還要體面。

穗香與雫眼尖發現達也，走了過來。

「達也同學，事情辦完了嗎？」

「嗯。比預定多花了一點時間。」

「才進行一半左右喔。」

今天的宴會預定舉辦兩小時半。形容為「一半左右」有點誇張，卻也還有一小時。

「不提這個，學長姊們……」

「這麼說來，他們去哪裡了？」

如雫與穗香所說，包括主要賓客之一的五十里，一高畢業生全部從會場消失。

達也與深雪都知道原因，但兩人不打算告知。

穗香她們也心領神會，沒繼續提畢業生的話題。

◇◇◇

畢業生之中的梓與紗耶香來到人工島港口。

姑且是來迎接服部、桐原與澤木。

「真是的！溼成這樣！海水很傷鞋子跟衣服耶！」

紗耶香一看到桐原的模樣就抱怨個不停，不只是桐原本人，服部與澤木也縮起身體。

「壬生同學，總之適可而止……」

她們周圍還有前來收押敵方特務員的國防軍人員。

軍人們打趣看著這裡，梓非常在意他們的視線。

「可是，妳看啦！這大概要報廢了。」

宴會用的高價西裝，布料被海水泡皺。皮鞋也吸滿鹽水。金錢觀是平民等級的紗耶香難免嘆息。

「沒……沒問題啦！」

梓一心想趕快結束這一幕，忘記旁邊有人在看就操作ＣＡＤ。

梓的魔法一下子籠罩服部、桐原與澤木。

海水中的鹽分，以液體與粉末的形式分離落地。

明明沒有風，粉末與水珠卻移向大海消失。

衣服與鞋子乾了。

皮鞋變得輕盈，西裝的皺摺拉平。

連服部、桐原與澤木的頭髮，都像是微風迎面般飄起，適度乾燥並且整理成清爽的樣貌。

短短十秒左右，剛才下海的痕跡就從三人的臉與身體消失。

「這樣就可以了吧？快點回會場吧？」

梓沒察覺自己的魔法引人注目。

她誤以為軍方的人是基於別的原因看她，一心朝著紗耶香與服部主張「回去吧」。

「……不，得先去看看千代田同學他們的狀況。」

是否該告知梓吸引視線的原因？紗耶香煩惱之後得出「別知道比較幸福」的結論，如此回答。

「千代田發生什麼事？」

「這部分也晚點再說明。我們走吧。」

紗耶香保留服部這個問題，推著梓的背部踏出腳步。

畢竟剛發生那種事，所以五十里與花音被安排到一個無人的房間。

「……究竟發生了什麼事？」

踏入兩人正在「休息」的房間，服部打從心底疑惑詢問。

花音已經不哭了。

沒掉眼淚，也沒發出嗚咽聲。

不過，她的臉就這樣埋在五十里胸前。

「啊哈哈哈……發生了一些受到打擊的事。」

五十里個人希望別過問。但服部不可能接受。

到最後，梓與紗耶香任憑花音向五十里撒嬌，輪流說明「人質事件」的原委，宴會也在這段時間步入尾聲。

◇　◇　◇

陳祥山與呂剛虎搭乘載著逃兵的快艇回國。

載送布萊德利・張等人過來的偽裝漁船已經落網。他們的任務幾乎以滿分收尾。

「上尉，陪我喝兩杯慶祝吧。」

「樂意之至。」

快艇通過台灣海峽，朝著廈門港往西方航行。陳祥山與呂剛虎在甲板欣賞滿月對飲。

「這次的任務成果豐碩。」

陳祥山說。

「是啊。」

呂剛虎的回應不全然是客套話。

「果然遲早必須和日本軍一決雌雄吧。」

「下官也這麼認為。」

兩人心有靈犀般，一起仰望滿月。

「可惜沒看到風間中校的底牌，不過他部下的實力大致摸透了。」

「是的。尤其柳少校應該很難對付。」

「喔……」

陳祥山為呂剛虎倒滿酒。

呂剛虎雙手捧著酒杯恭敬接下。

「不過……」

「請說。」

「必須在對方成長到更棘手之前消滅掉。」

「您說得是。」

「司波達也、司波深雪。可惡的四葉繼承人。」

陳祥山說完，呂剛虎鬥志熊熊燃燒，雙眼炯炯有神。

「那兩個傢伙是威脅。光是能夠重新確認這一點，就是很大的收穫。」

「是。」

「再來就是敵人了。下次一定要……」

「到時請交給我吧。」

「嗯。」

陳祥山拿起酒杯，就像是連同杯中倒映的月影一飲而盡。

◇　◇　◇

宴會結束之後，達也以遊艇的通訊機向真夜報告原委。

『今天辛苦你了。』

「不敢當。」

這次的任務順利結束。要打分數的話應該有九十分吧。

不是滿分的原因，在於沒有額外加分的要素。

『我滿意這次的成果。』

「謝謝。」

『畢竟還聽到有趣的事情。「閘門監控」……感覺這個魔法挺好用的。』

「改良之後，在下以外的人應該也能使用。」

『也就是說，終於可以研發出「真正」剝奪魔法師戰力的魔法是吧？我很期待。』

「在下會努力讓這個魔法盡快進入實用階段。」

『大亞聯盟的魔法也相當耐人尋味。我想聽你直接詳細報告，回東京之後來本家一趟吧。』

「好的。在下會立刻過去。」

『哎呀，不用這麼趕喔。過兩、三天，等你養精蓄銳再過來吧。四月再報告也沒關係。』

「不敢當。」

『期待下個月見到你。』

以這句話為結尾，通訊結束。

在鏡頭前方低頭的達也，確認通話燈熄滅之後抬起頭。

稍微伸個懶腰。

雖然這次是任務成功的報告，不過和真夜對話果然耗神。

為了轉換心情，達也從艙室走上甲板。

甲板上，深雪在水波的陪同之下賞月。

「哥哥。和姨母大人說完話了嗎？」

「嗯。她要我回東京之後親自過去報告。不過指示我四月再過去。」

「這樣啊……姨母大人現在大概很忙吧。」

深雪大概以為真夜命令達也立刻過去報告吧。她單手遮嘴，微微睜大雙眼。

「我想，應該如妳所說吧。」

達也想起自己接下這個任務的時候，真夜難得在師族會議以外的時期離開根據地。或許是和贊助者之間發生緊急事件。

「不過，時間上稍微空閒了耶。」

「是啊。」

達也站在深雪身邊。

水波回到艙室，大概是貼心離開吧。

在只有兩人的甲板上，深雪靠近達也。

沒換掉禮服的她，將挽起長髮的頭輕輕靠在達也的西裝肩膀。

「雖然這次是出任務……卻是一場快樂的旅行。」

「我也很快樂。」

「不過，下次希望是不用出任務的旅行。哥哥……達也大人。」

「叫哥哥就好。」

達也一邊注意別動到深雪依偎的肩膀，一邊看向她的側臉。

「哥哥以及達也大人。用哪個稱呼比較好呢？我還……」

「沒什麼好急的。還有時間。」

「說得也是。現在，還留有一些時間……」

即使是達也，也看不出陶醉閉上雙眼的深雪內心在想什麼。

〔終章〕

機場的出境大廳有六種人。

含笑送行的人。

含淚送行的人。

以其他表情送行的人。要是詳細分類大概會沒完沒了，不過除了笑容與淚水都大同小異。

同樣的，被送行的人也有三種。

含笑啟程的人。

含淚啟程的人。

以其他表情啟程的人。

不過，如果硬是要增加一種，那就是一臉精疲力盡踏上歸途的人。

差別可能在於是工作或旅遊，再者身體或心理上的疲勞，不過等待回程班機的人大多掛著這樣的表情。

她也正是一副疲憊的樣子。

三月二十九日。久米島西方外海人工島舉辦宴會的隔天。

「這趟旅行好累……」

抵達那霸機場出境大廳的紗耶香，雙手撐在行李箱支撐體重，感慨低語。

聽到她這句呢喃的梓，發出稍微節制的乾笑聲。邀請旅行的同學就在一旁，所以沒辦法大聲說，不過梓大概想大喊「同感！」吧。

「會嗎？不是很快樂嗎？」

不過，紗耶香男友桐原持反對意見，一臉興沖沖地如此反駁。看來昨晚的興奮還沒平息。不是參加宴會的興奮，而是大打一場的興奮。

「……你應該很快樂吧。畢竟跟小朋友一樣玩成落湯雞。」

紗耶香忿恨不平地看過來，桐原連忙移開視線。他想起昨晚差點害西裝報廢而被臭罵一頓。

「我……我們可不是在玩水喔。澤木，你說對吧？」

雖然不知道為什麼要徵詢意見，但澤木大幅點頭。

「嗯，那是很好的『實戰』。久違可以使出全力，我很滿足。」

紗耶香與梓射出好幾道視線之箭，插在澤木身上。但即使被無形的箭插成刺蝟，澤木看起來也不為所動。

此時，五十里一臉愧疚地加入對話。

「總覺得對不起。把你們捲進奇怪的事件……」

「啊，不！沒那回事！」

五十里道歉之後，紗耶香連忙搖頭。

「我亂講話了，我才應該道歉。玩得很快樂是真的。」

「嗯，我知道。」

紗耶香慌張解釋，五十里帶著苦笑點頭。

「被捲入那種意外當然會累吧。早知道應該再放鬆一天左右。」

「贊成！」

五十里無心的這句話釣到花音。

「取消今天的班機，多住一晚吧！」

花音挽著未婚夫五十里的手，以撒嬌的聲音央求。

「不能這樣喔。」

「是啊。雖然距離大學的入學典禮還有幾天，但差不多該準備了。」

服部這番話引得梓點頭同意，但花音似乎無法接受。

「有什麼好準備的啊？」

「不提這個，要不要先去辦理登機手續？」

服部無視於花音的反駁，詢問五十里。

「也對。」

回應的是澤木。他就這麼推著行李箱前往登機櫃檯。

「慢著！喂，不要不理我啦！」

跟著澤木踏出腳步的服部，聽到花音的抗議只轉回上半身。

「又不是外國，等到夏天再來就好吧？」

「不錯喔。原班人馬再來玩一次吧。」

五十里興沖沖地回應服部的提議。

「咦～我比較想單獨和啟一起來～」

花音立刻表達不滿。

「我們還不知道暑假能不能真的自由使用。」

防衛大學的新鮮人桐原說完，同樣考上防衛大學的紗耶香一臉遺憾地點頭。

「又不是一定要今年夏天，甚至不一定要夏天。就像任何地方都有風險埋伏，任何時間都有機會存在。」

「服部，你這是哪門子的哲學嗎？」

服部笑著搖頭回應桐原的消遣。

「不是哲學這種了不起的東西。只是安慰。」

「我聽不懂你想說什麼。」

「類似『下次會做得更好』這樣。」

「原來如此。」

辦完登機手續的澤木轉身插嘴。

「那麼，下次就進步到只靠我們就解決麻煩事吧？」

「哎，就是這麼回事。」

服部就這麼維持笑容，同意澤木這番話。

◇ ◇ ◇

一高畢業生組按照預定計畫，在宴會隔天搭乘飛往東京的班機。相對的，在校生組從早上就悠閒漂浮在海面。因為潛艦襲擊而中斷的久米島遊覽，今天以同一艘玻璃船重新進行。

「意外成為『不是出任務的旅行』了。」

深雪半苦笑地這麼說。

「這次應該可以不算數吧？」

達也同樣帶著苦笑回應。

「什麼東西『不算數』？」

穗香立刻詫異詢問。

「這次的沖繩旅行是工作，所以我們聊到下次要來一場沒任務的旅行。」

沒必要隱瞞，所以達也老實回答穗香的問題。

深雪是在昨晚提到下次別出任務的話題。從人工島回到沖繩本島時，在船上進行的對話。在那之後還不到半天。如果這趟遊覽算是「沒任務的旅行」，感覺昨晚的對話變得挺脫線的，所以達也與深雪都露出苦笑。

「是喔，原來如此。」

穗香沒有深入這個話題。或許知道如果說出「我也一起」這種話，會得到她不想聽的回應吧。

「可以在這裡待多久？」

大概是敏銳察覺好友的苦惱，雫對深雪提出另一個話題。

「我想，明天或後天就得回東京了。」

「沒什麼空耶。」

「其實原本預定搭今天的班機回去。我們現在這樣還算是空了一點時間喔。」

「是喔……」

深雪沒說明為何能夠空出一點時間。

雫也沒問。

「畢竟差不多該開會討論入學典禮了。」

「對喔。」

先不說實際如何，雫的頭銜是風紀委員，即使校內舉辦活動也不會在事前就忙碌。不過深雪是學生會長，必須為入學典禮進行各方面的準備。

依照往年慣例，應該在三月中和新生代表見個面，並且完成典禮程序的規劃，但是今天深雪要處理一些像是公務的事情（不是「公」務，但實際上差不多），結業典禮一結束就離開東京。雖然典禮的準備工作在春假前就完成，但是新生致詞還沒開會討論。

「今年的總代表又是女生對吧？」

「沒錯。」

「好像是十師族？」

「嗯。三矢詩奈。是三矢家的小女兒喔。但我還沒見過她。」

「這樣啊。既然這樣就更不能太悠哉了。」

「說來遺憾，不過就是這樣。」

深雪這麼說的時候，不只是她自己，穗香也一臉消沉的表情。

不是因為深雪回到東京，達也也會一起走。穗香也是學生會幹部，她同樣要著手準備入學典禮。

穗香與雫預定三十一日回東京，但如果深雪三十日就回東京準備入學典禮，就得考慮配合她，將回程的班機提前。

「……總之，待在這裡的這段期間放輕鬆吧！去海邊有點早，不過要不要去我們下榻的飯店泳池游泳？還滿大的喔！」

重新振作的穗香如此要求達也。

看見這一幕的深雪表情稍微失去從容……和她交談的雫如此心想。

◇　◇　◇

賈絲敏．威廉斯與詹姆士．J．強森被日本軍逮捕的消息，隔天也傳入英國的威廉．馬克羅德耳中。

這次的久米島外海人工島破壞未遂事件，表面上是澳大利亞軍支援大亞聯盟逃兵部隊進行的，不過從中牽線的是英國。要是真相曝光，世間難免批判真正的主謀是英軍。

因為自覺這一點，所以英軍情報部現在籠罩著緊張的氣氛。

沒達到捅了蜂窩亂成一團的程度。即使在白廳（英國政府機構部門所在的大道）的國防情報參謀部總部(DIS)，也害怕洩漏情報而不敢大聲討論這件事，額外營造出沉重的氣氛。

不少人和馬克羅德擦身而過時投以責備的目光。參與本次作戰的人員知道，這次由馬克羅德主導指示澳大利亞軍魔法師部隊採取行動。

馬克羅德察覺自己暴露在批判的視線之中。也已經有人要求他解釋。不用他人告知，馬克羅德也知道自己的立場處於劣勢。

不過，威廉・馬克羅德看起來完全不在乎他人表現出來的負面情緒。在政府高官面前接受軍方幹部質詢時，也不改貴族般的從容態度。

部分原因應該在於他算計自己是公認的戰略級魔法師「十三使徒」之一，英國政府不可能草率對待。不過在這次的作戰，他深入參與到親自前往澳大利亞下指導棋，如今看起來卻沒有受到打擊，想必不只是因為他確信自己的地位穩如泰山。

被叫來ＤＩＳ的馬克羅德走出總部大樓之後，進入隔一個區塊的老舊大樓。這裡是負責英國訊號情報（監測或竊聽各種通訊、雷達波或信標的諜報活動）的政府通訊總部(GCHQ)（前ＭＩ１）分部之一。

局外人完全不知道用途的這棟大樓，也是馬克羅德的職場。嚴格來說是ＧＣＨＱ大樓分部的某個房間分配給馬克羅德，當成完全由他個人使用的辦公室。

他沒和任何人見面，進入自己房間之後上鎖。這棟大樓原本就沒什麼人進出，但馬克羅德的辦公室位於內部職員也幾乎不會進入的機房樓層一角。只要搭乘專用電梯，就沒人知道他來到這個房間。

馬克羅德按下和大樓外觀不符的最新型通訊機開關。

通訊機螢幕立刻顯示一名男性。看來對方在約定時間之前就坐在通訊機前面。

『哈囉，威廉·馬克羅德先生。身體狀況怎麼樣？』

「哈囉，克拉克博士。以我的年紀來說，我算是很硬朗喔。」

『我沒這個意思就是了……抱歉。』

「我才要說我冒犯了。只是開個玩笑。」

畫面中露出為難笑容的男性是艾德華·克拉克。隸屬於USNA國家安全局（NSA）的學者，大規模資訊系統的專家。

『先生，您真壞啊。話說回來，那件事看來「按照預定」以失敗收場了。』

「真的什麼事都瞞不了博士。」

『別這麼說。所以，「木馬」順利潛入了嗎？』

「目前還沒。賈絲被拘留在風間玄那裡。」

『這樣啊……我認為四葉應該會對那個樣本感興趣就是了。』

「我認為機率還是一半一半。因為風間玄的部隊和四葉好像有特別的交情。」

『一點點也好，希望基因情報相同的「威廉兄弟」能以精神感應挖出四葉的祕密。』

「以賈絲的狀況應該說『姊妹』吧。她們的精神感應無法以自己的意志使用，所以缺乏確實性，不過優點在於對方難以察覺。搭配博士的『系統』，應該可以大幅擴張我們耳目所及的範圍。」

『想控制世界最重要的就是情報。威廉先生，無論作戰成敗與否，ＵＳＮＡ都感謝您的協助。』

「不敢當。為了我不列顛的繁榮，今後也請博士貢獻您的智慧。」

『那當然。因為我們是同盟。那麼，不久之後再連絡。』

畫面中的艾德華·克拉克在最後如此親切問候。緊接著，畫面變成一片漆黑。

馬克羅德也關閉通訊機電源，謹慎鎖定系統，離開這間祕密辦公室。

◇　◇　◇

久米島外海人工島襲擊未遂事件的兩天後。真夜造訪東京都心附近的高級住宅區。

表面上是古老的獨棟大型住家，實際上卻是以最新型保全裝置與好幾層古式魔法防禦陣地保護的某種要塞。

屋主名為東道青波。這名老翁也被稱為「青波高僧閣下」，是盤踞在日本政經界深處的幕後黑手（也稱為妖怪）之一。是前第四研真正的擁有者，也是四葉家的贊助者。

東道老翁很少叫真夜過來。雖說是贊助者，但四葉家並不是單方面受他庇護的關係。如果只從資金層面來說，四葉家沒有東道老翁的協助也能運作下去。

四葉家當年驅逐前第四研的管理者與經營團隊，戰勝軍方獲得自由。不過在這之前，軍方是從東道家搶走第四研的實權。

正因如此，所以東道老翁與四葉家當家至今依然能維持友好關係。四葉家某些部分依賴東道老翁的權力，同樣的，東道老翁也得到四葉家的助力。

雙方是相互扶持的關係。正因如此，東道老翁只在有非常重要的事情時，才會叫真夜過來。

真夜與東道老翁進行制式問候之後，立刻進入正題。

「前天久米島那件事，辛苦妳了。」

「別這麼說。」

真夜之所以命令達也阻止破壞作戰，是因為接受東道老翁的委託。

「當時俘虜了澳大利亞的魔法師對吧？」

「是的。一位是平凡的魔法師，但另一位是讓人頗感興趣的樣本。」

真夜說完，東道老翁一副「我想也是」的樣子點頭。

「你們感興趣也是當然的。不過，千萬不能讓那個人深入四葉家。」

老翁這番話引得真夜稍微睜大雙眼。

「哎呀……難道是陷阱？像是人肉炸彈那樣……」

「比炸彈還惡質。那個女人是『耳』。」

東道老翁說得很抽象，但真夜正確理解到「耳」指的是諜報方面的特殊能力者。

「知道了。我會忠告佐伯閣下盡快『處分』那個人。」

真夜不懷疑東道老翁的說法。

也不問他為什麼知道這件事。

四葉家不只是由前第四研開發的。第四研創設之前，其前身組織就持續進行「配種」。

而且，東道老翁手邊還留有昔日提供「血」給四葉家的家系成員。

「也對。佐伯那邊與其由我指使，由妳告知應該比較有效。」

真夜露出假惺惺的笑容，低頭回應東道老人的這句命令。

〔〈南海騷擾篇〉完〕

後記

感謝各位陪同走到這裡。〈南海騷擾篇〉各位覺得如何？希望各位看得愉快。

依照原本的預定，三年級篇會在這本第二十集開幕。不過基於諸多原因，獻給各位讀者的這一集變成不屬於主線劇情，算是外傳的單本完結故事。

在構想階段，這一集的方針如下：（1）和本系列主線劇情沒什麼關係的外傳。（2）讓至今鮮少成為焦點的上一屆角色活躍。（3）場景是畢業旅行，舞台是北海道或沖繩。

但是不知為何，開始編寫大綱之後，不知不覺成為各位所見的火爆戰鬥劇情。服部他們雖然是配角，但姑且成為焦點人物，舞台與場景也符合方針就是了……

〈師族會議篇〉對於達也他們來說不太自在，所以這次想讓他們舒暢地大顯身手……難道是我不該有這個想法嗎？達也在這集盡情使用過於方便的特殊能力。讓他自由發揮就會變成這樣。普通的敵人根本束手無策。

不過，接下來將會面臨只靠實力無法打破僵局的狀況……肯定如此。

終章有一個和主線劇情息息相關的角色露面。一反當初的構想，這集沒辦法稱為「外傳」了。不過以結果來說，我認為讓他們在這裡登場是好事。

此外，雖然只提到名字，不過新的一年級學生也登場了。她當初的名字是「文乃」，不過因為和「文彌」相近而作廢。接下來我想到「詩乃」這個名字，不過等一下，這不就和某超紅作品的受歡迎女角同名嗎？我察覺之後也將這個名字作廢。最後以「詩奈」定案。她也是各方面很有特色的角色，請期待她下一集之後的活躍。

劇中出現的海底資源礦床，參考了二〇一五年一月由獨立行政法人石油天然氣金屬礦物資源機構宣布確實存在的「Gondou site」。今年（二〇一六年）二月也宣布沖繩海域確認有海底熱水礦床，如果可以實際達到獲利標準進行採掘就好了。期待技術的進步吧。

劇中人工島的雛形，是一九七五年所舉辦沖繩國際海洋博覽會的人工海上都市「Aquapolis」。規模與構造完全不同就是了。

我個人認為比起這種超大型浮台，「海洋螺旋」這種海中建築更可望成為海底資源開發的利器，不過這次的故事使用前者比較便於寫作，就成為這樣的形式了。海洋螺旋也是一種浪漫。不知道能否在我活著的時候成真。

那麼，三年級篇真的會在下一集拉開序幕。我已經構思各種適合主角在最終學年面對，讓各位覺得「可以這樣嗎？」的劇情路線，請務必陪同本系列一起走到最後。我會努力讓各位說出「很好看」的評語。

那麼，希望能在第二十一集〈動亂的序章篇〉再度見到各位。

（佐島 勤）

國家圖書館出版品預行編目(CIP)資料

魔法科高中的劣等生. 20, 南海騷擾篇 / 佐島勤作 ; 哈泥蛙譯. -- 初版. -- 臺北市 : 臺灣角川, 2017.07

面 ; 公分

譯自 : 魔法科高校の劣等生. 20, 南海騷擾編

ISBN 978-986-473-783-3(平裝)

861.57 106008999

Kadokawa
Fantastic
Novels

魔法科高中的劣等生 20
南海騷擾篇

（原著名：魔法科高校の劣等生20 南海騷擾編）

2017年8月10日 初版第1刷發行
2024年3月22日 初版第3刷發行
作者：佐島勤
插畫：石田可奈
日版設計：BEE-PEE
譯者：哈泥蛙
發行人：台灣角川股份有限公司
總監：呂慧君
總編輯：蔡佩芬
主編：林秀儒
編輯：黎夢萍
設計指導：陳晞叡
美術設計：黃永漢
印務：李明修（主任）、張加恩（主任）、張凱棋
發行所：台灣角川股份有限公司
地址：104台北市中山區松江路223號3樓
電話：（02）2515-3000
傳真：（02）2515-0033
網址：www.kadokawa.com.tw
劃撥帳戶：台灣角川股份有限公司
劃撥帳號：19487412
法律顧問：有澤法律事務所
製版：巨茂科技印刷有限公司
ISBN：978-986-473-783-3
